# 阴阳师

〔日〕梦枕貘 著

汪正球 译

南海出版公司

新经典文化股份有限公司
www.readinglife.com
出　品

# 目录

# 安倍晴明

## 一

金色的阳光里，细胜银毫的雨丝飘洒着。

那是细润轻柔的牛毛细雨。

纵使在外面行走，也丝毫感觉不出衣饰濡湿了。发亮的雨丝轻洒在庭院的碧草和绿叶上，仿佛无数蛛丝自苍穹垂悬下来。

细雨轻轻点触着庭院里那一方池塘，却涟漪不生。朝着水面凝望，竟丝毫看不出雨落的痕迹。

池边的菖蒲开着紫花，松叶、枫叶、柳叶，以及花事已尽的牡丹，都被雨丝濡湿，色泽十分鲜亮。

花期已近尾声的芍药开着雪白的花，花瓣上细密地缀着雨点，不堪重负般低垂着头。

时令是水无月，即阴历六月的月初。

安倍晴明望着左手边的庭围，坐在蒲团上，与广泽的宽朝僧正相向而坐。

地点是位于京西广泽一带的遍照寺的僧坊。

"天空转亮了。"

宽朝僧正的目光越过自屋檐垂下的柳叶，凝望着天穹。

天空还不是一碧如洗，仍覆盖着薄薄的云絮，整块整块地闪着银白的光。不知道太阳在哪里，只有柔和的光线不知从何处照出，细雨正从空中洒落下来。

"梅雨终于要过去了。"宽朝僧正说。看语气，并不指望晴明应和他。

"是啊。"

晴明薄薄的朱唇边浮着若有若无的笑意。他身上裹着宽松的白色狩衣，并没有追逐宽朝僧正的视线，仍放眼庭院。

"雨亦水，池亦水。雨持续不停则谓之梅雨，潴积在地则称为池水，依其不同的存在方式称呼其名，虽时时刻刻有所变化，而水的本体却从未改变。"

宽朝僧正说着，心有所感一般。

他的视线转向晴明：

"晴明大人，最近不知为什么，我总是为天地间本来如此的事物所触动。"

广泽的宽朝僧正是宇多天皇的皇子式部卿宫的儿子，也就是敦实亲王的子嗣。母亲为左大臣藤原时平的爱女。

他风华正茂时出家，成了真言宗高僧。

天历二年，他在仁和寺受戒于律师宽空，秉获金刚界、胎藏界两部经法的灌顶。

真言宗兴自空海大师，宽朝继承了真言宗的正统衣钵。宽朝力大无比，此类逸事，《今昔物语集》等古籍中多有记载。

"今天我有幸观瞻人间至宝。"

晴明把眼光落在自己与宽朝中间的方座供盘上。

供盘上放着一帖经卷。经卷上写着："咏十喻诗沙门遍照金刚文。"

遍照金刚，即弘法大师空海。

"喻"即比喻，整句话的字面意义是说，这部经卷收有十首佛诗，是空海用比喻的形式写就的佛法内容。

"这可是大师的亲笔呀。这种宝物有时会由东寺转赐敝寺，我想晴明大人或许会有兴趣，就请你过来了。"

"阅此宝卷，我真正明白了一个道理：既然语言是咒，那么，记载着这些语言的书卷自然也是咒了。"

"依照你的意见，雨也好泡也罢，本来都是水。所谓的不同，不过是其所秉受的咒的差别而已。"

"是啊。"晴明点点头。

在晴明刚阅过的经卷上，有一首题为《咏如泡喻》的佛诗，是空海大师用墨笔抄录的。

宽朝诵读着这首诗：

> 天雨蒙蒙天上来，
> 水泡种种水中开。
> 乍生乍灭不离水，
> 自求他求自业裁。
> 即心变化不思议，

心佛作之莫怪猜。

万法自心本一体，

不知此义尤堪哀。

雨点迷迷漫漫，自天而降，落在水中，化成大小不一的水泡。

水泡生得迅速也消失得迅速，可水还是离不开水的本性。

那么，水泡是源自水的本性，还是源自其他的原因与条件？

非也，水是源于自身的本性才形成水泡，是水本身的作用。

正如水产生出种种大小不一的水泡一样。真言宗沙门心中所生发的种种变化及想法，也是不可思议的，这正是心中的佛性所带来的变化。

无论水泡的大小与生灭如何变异，本质上还是水。

人心亦同此理，纵使千变万化，作为心之本性的佛性是不会发生变化的，对此莫要怪讶猜度。

存在皆源自本心，两者本来就是一体。不了解这一至理，实在是太悲哀了。

诗的意思大体如此。

"这个尘世间，是由事物本身的佛性与如同泡影一般的咒所组成的，是这么一回事吧。"

宽朝像打谜语一样问晴明。

"所谓的佛，不也是一种咒吗？"晴明感慨道。

"这么说，你的意思就是，世界的本源也好，人的本性也好，都是咒了？"

"没错，我正是这个意思。"

"了不得，了不得。"

宽朝心有契悟般扬声大笑：

"晴明大人的话真是太有趣了。"

正当宽朝叩膝击节时，不知何处传来众人的嘈杂声。

"是成村！"

"是恒世！"

这样的叫喊声，夹杂在喧闹声中飘了过来。

听上去是在不远处，有许多人正在争论着什么。

争论越来越激烈，话语声也越来越大。

"那是……"晴明问。

"关于七月七日宫中相扑大会的事，公卿们正议论不休呢。"

"听说已经决定由海恒世大人和真发成村大人，在堀河院进行一场比赛。"

"是这么回事。到底哪一边会独占鳌头呢？他们特意到我这里，就是来打听这件事的。"

"那么，你觉得哪一边会胜出呢？"

"没影的事，我们还没开始议这件事呢。他们不过是在随意喧闹罢了。"

"我没有打扰你们吧？"

"怎么会呢？晴明大人是我特意邀请来的。那些公卿倒是随意聚过来的。"

"随意？"

"唉，他们以为我在相扑方面有一定的见解，其实他们误会了。"

"不过，宽朝大人的神力，我是早就听说了。"

"力气虽然不小，可相扑毕竟不是光凭死力就能胜出的。"

"因此，大家自然想听一下你的意见。"

晴明解颐一笑。

"真叫人难为情啊。在仁和寺发生的事，好像到处都传遍了。"

宽朝抬起右手，摩挲着滑溜溜的脑门。

"提起那件事，我也听说过。听说你把强人一下子踢到屋顶上了……"

"晴明大人，连你也对那些传言感兴趣吗？"

"确实如此。"

晴明若无其事地点点头。

有关宽朝所说"仁和寺发生的事"，古书《今昔物语集》中有记载。

大致情形是这样的——

广泽的宽朝僧正，长期居住在广泽的遍照寺，但还兼任仁和寺僧官之职。

那年春天，仁和寺落下惊雷，震塌了正殿的一角。为了进行修饬，就在正殿外搭起脚手架，每天很多工人赶来，在那里做工。

动工半个月后，修理工作仍在继续。一天黄昏，宽朝僧正忽然想看看工程进展到什么程度，于是就在平常穿的僧衣上系好腰带，穿上高脚木屐，独自一人拄着法杖往仁和寺走去。

当他来到脚手架跟前四下打量时，发现不知何处冒出一个奇怪的男子，蹲伏在僧正面前。

他一身黑衣，黑漆帽檐深深挡住了眼睛。已是暮色四合时分，他的容貌在昏黑之中辨不清晰。

再仔细一看，男子不知何时拔出一把短刀，好像特意藏到背后似的，用右手倒握着。

"你是什么人？"

宽朝一点也不慌乱，用平静的声音问道。

"一个四处流浪、连糊口的东西都难以得到的老百姓。至于名字，更是默默无闻。"

一身黑衣的男子用低沉的声音答道。

"你有什么事？"

"你身上所穿的衣服，我想取走一两件用用。"

"怎么，你居然是强盗？"

宽朝没有丝毫恐惧，用爽朗的声音问道。

正准备瞅机会下刀子的强人，差点不由自主地扑上来。

如果对方胆怯了，或者强烈反抗，或许强盗会找机会动手伤人，可是宽朝如此镇定，强人反而有些气短了。

不过，强人还是把心一横，将刀一扬。

"想留下性命，就赶紧把身上的衣服脱下来。"

说着，把刀尖指向僧正。

"我是和尚，随时都可以把衣服给你。所以，你随便什么时候到我这里来，只要说一声，我穷困潦倒、身无分文，给件衣服吧，就成了。可是，你这样对我拔刀相向，却让人不舒服。"

"多嘴，别说话！"

僧正躲开强人的刀子，绕到他的背后，朝着他的屁股轻轻一踹，结果，挨踢的强盗"哇"地喊了一声，身子便朝远处飞去，不见踪影了。

"嘿。"

宽朝四下找寻强人的身影，却一无所获。

既然如此，就让其他人去搜一搜吧。主意一定，他朝僧房走去，高声唤道：

"有人在吗？"

当下就有数位法师从僧房里走了出来。

"是宽朝僧正吧，天这么晚了，有什么事情吗？"

"我来看看工程的进展。"

"那您这么大声叫我们，是出了什么事吗？"

"刚才我碰到强盗，要把我身上穿的衣服抢走，那家伙还拿着刀子要来杀我。"

"您受伤了？"

"没有。还是快拿灯来照照吧。当时强盗冲过来，我闪到一边，还朝他踢了一脚，当下他的影子就不见了。快搜搜看他到底在哪里。"

"宽朝僧正把拦路抢劫的强人打翻了，快拿灯来！"

一位法师大声叫起来，其他几位法师准备了火把，开始到处搜寻强盗的身影。

法师们举着火把在脚手架下搜寻时，忽然听到上面传来"好痛啊，好痛啊"的叫声。

拿着火把照过去，发现脚手架的上方，有一个黑衣打扮的男人夹在里面，不停地呻吟着。

法师们好不容易爬上去，发现被宽朝大力踢飞的强盗手里还拿着那把刀子，脸上一副可怜相，乞望着他们。

宽朝带着那个强盗来到寺里。

"好了，今后不可再走老路了。"

说着，把身上穿的衣服脱下来交给强人，就那样放他走了。

广泽的宽朝僧正真是了不起，不但力大过人，还为袭击自己的强人布施行善。法师们一个劲地称赞不已。

故事的大致经过就是这样。

"坊间所传总是以讹传讹。实际情况是，强盗给我踹了一脚，逃走后又悄悄回来爬上脚手架，不想一脚踩空，竟然动弹不得了。"宽朝僧正说。

"这不正好吗？又不是僧正自己向大家编排的。这段佳话正是宽朝大人厚德所致。虽然并不切合空海和尚关于水泡的比喻，不过，僧正自身的本性，绝没有因为传闻而改变分毫吧。"

"是啊。"宽朝僧正苦笑着点点头。

"既然传闻无甚大碍，也就听之任之吧。"

两人正聊着，另外的僧房里，喧哗声越发大了起来。

看动静，像是公卿们正穿过遮雨长廊朝这边走来。

"我打扰宽朝大人很久了，恐怕他们都等不及了。"

正说着，那些议论不休的公卿已经走了过来。

"咦，安倍晴明大人在这里呀。"

其中一个大喜过望地说。

"是晴明大人吗？"

"太妙了。"

年轻的公卿们在外廊里一边窃窃私语，一边把好奇的视线投向晴明。

"哎呀呀，看样子他们的目标不是老僧，而是晴明大人你呀。"

宽朝僧正笑逐颜开地低声对晴明说着，然后转头朝着公卿们肃然说道：

"晴明大人是我特意邀来的贵客。我们谈兴正浓，你们这样来搅扰，如此行止，难道不嫌唐突吗？"

"确实是太失礼了。不过，只在祭祀庆典上见过晴明大人，这样近身交谈的机会，实在是从未有过，所以……"

大家诚惶诚恐地低头致礼，但眼中的好奇却并没减少。

在一群公卿当中，还有刚才招呼他们的年轻僧侣。

"本来在那边，正议论着宫中决定由海恒世与真发成村进行比赛的事，这时，有人提起安倍晴明大人刚才来到这里，大伙就……"一位年轻的僧侣解释道。

"有关方术的事，务必向您请教，于是就冒昧前来了。"一位客人开口说。

"什么事？"

晴明既然这样表态了，公卿们便你一言我一语地询问起来。

"我听说，晴明大人会使用各种各样的法术。"

"听说您会驱使式神。那么，式神可以杀人吗？"

"这种秘事，也好随便问吗？"

晴明朝年轻的公子反诘道。如女子般鲜红的唇边，浮现着若有若无的笑意。

晴明的唇边，总是挂着这样的微笑，含义却每每不同。在这种场合，好像在对公卿们鲁莽的提问表示嘲讽似的。

"到底怎么一回事呢？"

毫无惊惧之意的公卿们进一步追问晴明。

"至于能不能杀人嘛——"

晴明的眼角细长，他清亮的目光打量着提问的公卿，声音轻柔地说："那就借哪位试一下吧。"

"不是不是，我们不是说要试一下……"

被晴明盯视的公卿，急慌慌地推脱。

"不用担心。用式神杀人，这种事不是随便出手的。"

"肯定不简单啦。可还是办得到吧？"

"听说方法可谓五花八门。"

"那么，不用活人，就用别的东西试一下怎么样？"

一位一直沉默不语的公卿提议道。

"嗬，那可太有趣了。"

公卿中响起一片赞同声。

"好吧，在方池那边的石头上，有一只乌龟，用方术可以把它灭掉吧。"

那位提议用别的东西试试的公卿又说。

大家朝庭院中的方池望去，果然发现在方池中央露出一块石头来，石头上有一只乌龟在歇息。

不知何时，雨霁云散，薄日照射着庭院。

"那株芍药下有一只蛤蟆，也可以拿来试一下吧。"

"虫豸和龟类既然不是人，应该可以吧。"

"是啊是啊。"

公卿们兴趣盎然，口沫横飞地劝着晴明。

"在清净之地，实在太过喧哗了……"晴明不动声色地说。

他静静地把视线转向宽朝僧正，僧正解颐笑道：

"哎呀，你就放手一试吧，晴明大人。"

听上去像是事不关已似的。

实际上，宽朝自己在数年前，也曾灭掉一只附身宫女的天狗。不过，不可胡乱显示方术，这个规矩宽朝自然也是理解的。

事已至此，如果什么都不展示一点，难免招致非议。

"哎呀，安倍晴明也没什么大不了的。"

"说过要露一手的，可什么也没做就回去了。"

"那人没有传闻中那么厉害嘛。"

公卿们会在宫中如此议论，其沸反盈天之状是不难想象的。

不过，纵使众人逼迫在先，对象是虫豸也好乌龟也罢，若随意在寺里杀生，也非明智之举。

晴明会作何应对呢，宽朝好像觉得大有看头似的。

"可以吗？"

宽朝僧正模仿着先前晴明说过的话：

"毕竟是余兴嘛。就像水泡的比喻所说的那样，做点什么或者不做点什么给人看看，晴明大人的本性，也不会发生一点变化。"

宽朝面色祥和地望着晴明和公卿们。

"宽朝僧正大人，那乌龟和蛤蟆看上去年事已高，它们每天都在这里聆听大人的诵经声吧。"晴明说。

"是啊。"

"是这么回事呀。"

晴明的身体好像没有任何重量似的，轻灵地站起来。

"无论什么活物，要杀掉都很容易，但要让它再生，可就十分不易了。无谓的杀生是罪过，我本来想避开，可如今真是骑虎难下呀。"

晴明行至外廊，从自屋檐垂下的柳条上，用右手那细长的食指与拇指，摘下一片柳叶。

"要是使用方术，只要这么一片柔软的柳叶，也可以把你的手压烂。"

晴明盯着提议杀掉池中乌龟的公卿，说道。

公卿与僧众都聚集在外廊内，探着身子。他们可不想漏听晴明所说的每个字。

晴明把夹在指尖的柔软的碧色柳叶贴近朱唇，用轻轻细细的声音，念起咒文。

一松开手指，柳叶便离开晴明的指尖，没有风力可借，却还是飘飘飞动起来。

接着，晴明又摘下一片柳叶，放在唇边，同样小声喃喃。一离开指尖，这片叶子就像追赶原先那片似的，也在空中飘飞起来。

不一会儿，第一片叶子已经飞到乌龟上方，向着它的背飘落下来。就在柳叶将落未落至龟甲上的一刹那，喀的一声，龟甲像被一块巨大的岩石压烂一般，裂开了。

"嗬！"

"真神啊！"

就在大家叹声四起时，另一片柳叶已经落在蛤蟆背上。

顿时，蛤蟆被柳叶压扁了，内脏四溅，向周围飞去。

一两片内脏四散横飞，甚至飞到在外廊内探身观望的公卿身上，沾到他们的脸上。

"啊！"

惊叫声四起，公卿们赶紧往后跳开。他们脸上浮现出又是赞许又是惊怯的表情。

"哎呀，实在是棒极了。"

"真是厉害之极啊。"

等他们的议论停下来，晴明神情爽朗地说：

"蛤蟆也好乌龟也好，每天都聆听宽朝僧正大人读经。它们已经得到灵气，或解人语也未可知。"

晴明到底想说什么呢？大家脸上都浮现出疑惑的神情，这位闻名天下的阴阳师，若无其事地说：

"如此一来，在某个夜晚，死去的乌龟或者蛤蟆要找你们当中的某位报仇，也说不定哦……"

公卿们脸上的疑惑倏忽间化为惊怯。

"你是说那乌龟与蛤蟆，会来作祟吗？"

"是吗，会有这种事吗？"

公卿们顿时一片不安。

"我不是说一定会，只是说可能会。"

"那可怎么办呢？"

"它们听过宽朝僧正诵经，都是得了灵气的东西。只好请宽朝大人好好跟它们商量，帮大家谋划一下吧。"

听晴明这样说，公卿们找到靠山似的转而望着宽朝僧正。

"哎呀，万一有什么不测，请出手相助！"

"恳请大人了。"

对此，宽朝僧正苦笑起来：

"我明白，请大家放心吧。"

他只能这样安慰他们。

年轻僧侣与公卿们消失后，四下重归平静。

这时，晴明低头致意：

"宽朝僧正大人，刚才失礼了。"

"怎么会，你这了不起的'余兴'叫人大开眼界呀。"

"告辞之前，我还有事相求。"

"什么事？"

"就是庭院中的乌龟与蛤蟆。我想把它们供养在我的家中，以免它们寻仇。请吩咐寺中身手敏捷的弟子一声，收拾好它们的尸骸，送到我家里好吗？"

"哈哈，原来是这么回事啊！"

僧正点了点头，似乎明白了什么。

"好的，我会让人把它们送过去的。"

"再见！"

白衣飘动，晴明缓缓步出了外廊。

退到一旁的年轻僧侣与公卿们，留意到晴明离开的身影。

"有劳大人了。"

"请晴明大人帮忙。"

公卿们的声音，朝着晴明的背影追去，晴明却没有回头。

好容易从云翳中露出脸来的太阳，在晴明的背上，投下明亮的光华。

二

在此，就安倍晴明这个人物，我想郑重其事地说上几句。

安倍晴明是平安时代的阴阳师。

那么，什么是阴阳师呢？

是平安时代的魔术师吗？

可以说多少有点相似，但在词义上仍相差很远。

咒术师？

这个词仍然有点距离。

那么，方士这一称呼怎么样呢？

方士，即善于使用各种各样不可思议的技艺和方术的人，又称方术师。

就词语的氛围而言，这个词很接近，可表现得还不够充分。阴阳师确实会使用方术，但归根结底，这只不过是阴阳师所拥有的特征之一，而非全部。

而且，方士这个词，还残存着太多古中国的味道。

所谓的阴阳师，其背景固然是在中国生成的阴阳道思想，但它却是日本特有的称呼，阴阳师这一称呼，在中国是没有的。

所谓阴阳师，其实是一种技术性工作。

先前提及的咒术师这一名称，是针对其能力而言。而所谓的阴阳师，则大体是针对其职业而言。

要说明这点微妙的差别，如果寻找一个恰如其分的现代词汇，有一个简明易懂的词语，叫 professional。

这样来命名怎么样？

"职业性的咒术师"。

职业咒术师，的确十分接近了。

接近是接近了，却仍有一点偏离的感觉。

打个比方，往"阴阳师"这一容器里，注入曾经放在"职业咒术师"

这一容器里的酒浆,酒浆可以全部灌进去,但"阴阳师"这一容器里,总感觉还存在未填满的空白。

不过,话说回来,将平安时代这一特殊职能的称号置换成别的词语,这种尝试本身就是相当机械和僵化的。

在平安时代,阴阳师服务于朝廷,进行各式各样的占卜,甚至连医生的角色也要担当。

当时,人们深信,生病遇灾大多源于鬼怪、幽灵与诅咒,而阴阳师通过被除附着于病人身上的恶灵与鬼魂,能将病症治愈。

阴阳师首先是驱邪降妖方面的专家。除此之外,他们还要观测天文,勘察方位。

他们会通过星象来占卜吉凶,当贵族们要出发去某地时,他们会观测那一方位的吉凶。若出行的方位出现妖障,则须往别的方向避住一宿,第二天再重新往目的地行进。关于这种换向的方法,古籍中有极为详尽的记述。

这种换向法是为了避开天一神所在的方位而施行的,可这位神灵总是不断改变居住场所,因此,在出发之际,首先必须查清天一神当天位于何处。调查固然很有必要,可这位天一神的动向复杂多变,不是一般的业余爱好者能轻易掌握的。

如此一来,作为这方面的专业人士,阴阳师就十分必要了。那是一个诅咒或被诅咒都极其普遍的时代,为了保护贵族远离诅咒,阴阳师这一职业在当时的社会中不可或缺。

平安时代,在皇家大内设有阴阳寮,根据养老令①的解说读本《令

① 日本养老二年(公元718年)颁布的关于确定官职、官位的律令。

义解》所述，阴阳寮的人员构成是这样的：

寮头一人。

寮助一人。

允官一人。

大属职一人。

小属职一人。

阴阳师六人。

阴阳博士一人。

阴阳生十人。

皇历博士一人。

皇历生十人。

天文博士一人。

天文生十人。

漏刻博士二人。

守辰丁二十人。

使部二十人。

值丁二人。

共计八十八人。

工作内容分为以下四个方面：

阴阳道。

历道。

天文道。

漏刻。

所谓的阴阳道，主要工作是判断土地吉凶的相地堪舆与占筮。

历道的职责是制订日历、决定日子的吉凶等。

天文道负责观测月亮、星辰及其他行星的运动，并据此卜筮事件的吉凶，遇有彗星出现，则思考其隐含之意。

漏刻的工作职责是掌管和控制时间。

以现代观念来分析，可以认为阴阳寮是平安时代的科学技术厅，是掌管当时最新学问的部门，称得上是支撑平安时代的重要精神基石。

安倍晴明担任天文博士。

天文博士的官位比正七位下还要低。阴阳寮的长官即寮头也只是从五位下，此位以上才是允许上殿的殿上人。

安倍晴明是否曾为寮头，史料没有记载，而他的官位却超过寮头，晋升到从四位下的殿上人之位。

一般认为，安倍晴明生于延喜二十一年，这是从宽弘二年晴明八十五岁作古的资料倒推出来的。

他是大膳大夫安倍益材之子。据日本史料馆藏书《赞岐国大日记》及《赞阳簪笔录》记载，安倍晴明于四国时期出生在赞岐国香东郡井原庄。关于他的少年时期至青年时期，没有任何正式记录。要探索这一段经历，只能从残存于民间逸闻传说中半神半仙的迷离故事中去探寻，舍此别无他途。

如果以称得上数量庞大、真假难辨的安倍晴明故事集为资料来源，那么晴明的出生年代可以再上溯百年左右，其先祖是远渡大唐并在大唐辞世的著名遣唐使安倍仲麻吕，他的父亲并非安倍益材，而是安倍保名。

传说他的母亲是栖居在信田森林里的白狐。据《卧云日记录》所载，晴明自己也是"幻化所生"。

如此一来，民间逸闻变成了传说，又从传说衍化为晴明故事，谱成"谣曲"，进而演变成《芦屋道满大内鉴》之类的净琉璃剧。

安倍晴明其人的真实情形到底如何，认真思量，实在是无从捉摸。这确实有趣。

从某种意义上讲，正因其难以捕捉，在讲述平安朝这一独特的时代时，他可以说是位于时代中心的最适当的人选。

平安时代，一个风雅别致而又蒙昧黑暗的时代。

鬼魅也好，世人也好，灵异也罢，都在同样的黑暗中呼吸。

当时人们还深信，在建筑物及路口的阴暗处，就存在着鬼魅与幽灵。

在这平安时代，打个比方来说，安倍晴明就是那黑暗中悄然散发的光华，是在昏冥之中呼吸的、似有若无的金色之光。鬼魅也罢，幽灵也罢，世人也罢，都屏息凝视……

我脑中浮现的，就是这样一幅景象。

从黑暗中抬头望去，天际浮现出一轮清澈的蓝月亮，月亮旁边有一片云彩飘浮着，闪烁着光华。

这轮明月。

明月的清辉。

或者那银色的云朵。

就是安倍晴明。

当然，这只是一种意象，没有任何根据。

不过，每当我为安倍晴明这个人物神驱意驰之时，不知怎的，在我的脑海中，总是浮现出这样的画面。

对于这个画面，我想再展开两句。

不必以翔实的史料为根据，也不去顾及已经定型的人物形象，只是从真假难辨、为数众多的故事出发加以叙述，对阴阳师安倍晴明这个空前绝后的人物而言，我以为这种方法再恰当不过。

三

据《今昔物语集》记载，安倍晴明年轻时曾师从阴阳师贺茂忠行，在他的门下修行。

贺茂忠行是平安时代闻名遐迩的阴阳师，其子贺茂保宪亦声名卓著。

日本的阴阳道，此后不久即为两大系统主宰，即安倍晴明的土御门家与贺茂保宪的贺茂家。保宪就是另一派的始祖。

晴明与保宪，是贺茂忠行门下的师兄弟。另外还有资料记载，晴明是保宪的弟子，只是其佐证过于疏简，在此从略。

那么，安倍晴明当年在贺茂忠行门下修行时，到底是怎样的一位少年呢？

在我的想象中，他是一位肤色白皙、面容瘦长、风流蕴藉的美少年。

如芳香般飘逸俊朗的才华，想必正从他的身体里往外奔涌吧。这样的叙述在文理上是通达的。不过，也许自年轻时起，他就洞明世事，精于彻底遮蔽卓越才华的处世方策。

即便如此，有时他还是无法完全藏匿自己的才华。但随着年事的增长，肯定也会以漠然淡定的神情与流于世故的语调，跟成年人一起交谈吧。

要完全接受人世间的蒙昧，他到底历练不够，因而对周围头脑鲁钝的成年人，难免吐露一些辛辣之辞。

较之孩童的可爱，棱角更为突出的智慧因子，已经隐隐出现在少年晴明的外表与眼神里。

那是一个夜晚。

贺茂忠行带着一群弟子，包括年少的晴明在内，驱车前往下京方向。

他乘坐的是牛车。

忠行坐在牛车内，其他人包括晴明，都是徒步。

正值夜阑更深时分。

天空中挂着一轮月盘，忠行在牛车中酣然入梦。

牛车辊辘辊辘地在京城的通衢大道上行走。

少年晴明不经意地朝前方看去，忽然感到一股妖魅之气，阴森迷蒙类似云气般的东西，在前方滚涌着，正朝这边接近。

认真一看，竟是一大群鬼。

原来遇到百鬼夜行了。

"狰狞厉鬼，直趋车前。"这是古书中的记载。

能看到众鬼靠近的，只有晴明一个人，其他随行者根本没有觉察。

晴明急急跑到车子旁边，去报告忠行。

"老师，前面有一群鬼魅过来了。"

贺茂忠行立刻清醒过来。

他撩起车前的帘帷，从帘间的缝隙望去，果然看见前方一群鬼魅正吵吵嚷嚷地远远而来。

"真的是百鬼夜行啊！"忠行喃喃道。

若给鬼卒发现，这里所有的人都性命难保了。

"停车。"

忠行吩咐一声，自己来到车外。

"有鬼魅过来了。"

他把大家集中在车子周围，布下结界，口中念念有词，诵起咒语，形成了保护区。

"大家不要做声。如果鬼怪知道有人在此，一定会把他的眼球吸走，把血啜干，连骨头带头发，一丝不留全部吃掉。"

虽说看不到鬼，但毕竟是忠行门下的修行弟子，师尊所言之事，一行人还是马上就理解了。

连前方蜂拥而来的黑云般的妖气，也感觉到了。

布好结界，忠行开口说：

"晴明，鬼魅当中或许有鼻子灵敏的，万一有事发生，只要我示意，你就把牛从车轭下放出来。"

"是。"晴明点点头。

弟子们鸦雀无声，一时肃杀得没有一丝生气。

额头上没有冒出冷汗的，只有年少的晴明一人。

鬼众一点点靠近了。晴明表情平静地注视着。

"哇——"

他的眼神一如平素，说准确些，是用一种观赏难得一见的怪物的好奇眼神，盯着这群鬼魅。

"原来鬼魅就是这样的东西啊。"

真是奇形怪状啊。既有人形的鬼魅，也有秃头的妖怪；既有马面鬼，也有看上去像披头散发的裸体女人一样的鬼。

有的形如琵琶。

有的身如长柄勺。

有脚下蹬着鬼火的车轮。

有长着人面的狗卒。

还有长着腿脚的油锅。

不一会儿，鬼怪们在牛车前停住了。

"有人的气味啊。"

身长十余尺的秃头男鬼，哼哼唧唧地嗅了一阵子，嘟哝道。

"确实有哦。"马面鬼说。

"的确有。"女鬼说。

"嗯，有。"

"有的。"

"有啊。"

百鬼的队伍停了下来，开始嗅闻周围的气息。

弟子们虽然看不见鬼的影子，却听得到鬼的声音，一个个吓得脸色铁青。

晴明探询着忠行的表情。

"是时候了。"忠行用眼神示意。

晴明解开牛绳，放开了系在轭头上的牛。

"噢，是一头牛。"

"这种地方还有牛呢！"鬼怪们注意到开始走动的牛。

"好可口的老牛啊！"

"把它吃喽！"

"吃了它！"

顷刻间，众鬼趴到牛身上，开始狼吞虎咽地撕咬。

在月光下，牛痛苦地扭动着身子，哀号着。弟子们看得见牛，却看不到鬼的影子。

随着嘎吱嘎吱的响声，牛头上的皮肉丝毫不剩，只有大量的牛血滴到地上。

能看到牛的眼球被吸走，消失了。

能听到嚼肉吸血的声音。

四周回响着嚼咬牛骨头的声音。

晴明静静地盯视着。

"原来如此……"

有时他点点头，有新的感触似的。

"鬼怪吞食活物，竟然是这种样子啊！"

看见弟子如此镇定自若，忠行也暗自称奇。

不一会儿，鬼怪们就把整头牛风卷残云般扫荡干净了。

"好啊，尝了回鲜。"

"嗯，肚子舒坦了。"

"饱啦。"

"饱啦。"

鬼魅们心满意足地点点头，又络绎不绝地开始走动起来。

"没事了！"

忠行这样开口，是在鬼怪们的影子完全消失后。

就这样，晴明一行逃过了一场鬼劫。

从这天开始，贺茂忠行开始重视晴明。有关阴阳之道，忠行总是倾其所能、毫无保留地传授给他。

"教此道也，如同灌水入瓮。"

这是《今昔物语集》中的记述。

据传，晴明长大成人后的居所，就位于土御门大路。

从天皇居住的宫殿方向来看，它位于东北方向，即艮的方位，就是俗话所说的鬼门的方位。

这一巧合并非偶然。

展现晴明的独特禀赋的故事还有不少。

下面是《宇治拾遗物语》中的一个故事。

有一次，晴明因事前往宫中参谒天皇，碰到了藏人少将。这位少将是何许人，《宇治拾遗物语》中并无记载。后来他"荣升至大纳言"，可见是一位显赫的人物。

当时，少将刚好走下车子，正要前往宫中拜谒。

这时，一只鸟飞过少将头顶，遗下一滩鸟粪。

见此情形，晴明走到少将身旁。

"刚才，有一只飞鸟把污秽之物弄在少将身上。那只鸟是式神。"

他直言相告。

"而且，它生性凶残，若置之不理，大人的性命，恐怕今天晚上就难保了。"

少将深知晴明的才华，他不会认为这是戏言或者谬谈。

"请大人指点……"

"正好我在这里，也算是有缘吧。能否来得及还难断定，只好试试看了。"

晴明坐上少将的车子，跟他一起来到他的府邸。

到了傍晚，晴明与少将共居一室，用两条宽袖遮盖少将的身体。

是夜，晴明紧护少将，固守其身，整夜未眠，一直念念有词，细声不绝，不断诵读加持。

《宇治拾遗物语》这样记载。

也就是说，晴明采用固守其身这一护持法，无眠无歇，通宵保护少将。

终于到了黎明时分，咚咚咚，忽然有人叩门。

"你来了？"晴明问。

"进来吧！"他朝轻轻敲门的家伙招呼道。

不一会儿，少将发现，在房间一隅的黑暗里坐着一个影子。

根本没有谁推开门，但确实有什么东西进来了。

乍一看，那是一个像鸟儿一般嘴喙尖尖、如狸猫般大小的小和尚，而且是独眼。

"原来是这么回事啊！"

小和尚紧紧盯着晴明与少将，喃喃自语着。

"我受人之托把这家家主咒死，还派了式神过来。没想到居然毫无效果。还以为是这里守护严密才出了意外，就赶过来看看，原来是安倍晴明大人在这里……"

小和尚若有所悟地深深低头行礼。

"实在太冒失了！"

说完，转眼消失了。

天亮之后，少将派人到各处调查，才明白事情的前因后果。

少将家族的亲戚里有一位姑婿，是少将的连襟，居五位藏人之职。

周围的人只顾着关照少将，怠慢了这位男子，所以，他老早就心怀不平。

终于，他找到阴阳师，企图咒杀少将，这些事晴明以前也听说过。这一次，就连派向少将的式神，也被晴明遣返了。

一旦对人施咒，驱使出去的式神又遭人遣返，那些诅咒就会全部施加到使用式神的阴阳师身上。就是说，只要开始就要置对方于死地，一旦失手，自己就会在劫难逃。

果然，在那位官员的宅邸，发现了阴阳师的尸体。

"一切都是我命令他做的。"官员完全坦白了。

就这样，晴明救了少将一命。

据传，晴明还擅长射覆之术。

所谓射覆，是一种发现或猜测被掩盖或隐藏之物的本领。阴阳师大多使用罗盘进行这类占卜。罗盘上绘有五行、北斗、八卦、十二干支、二十八星宿等，在占筮的时候可以用上。

安倍晴明与芦屋道满进行射覆比赛，看谁猜得准，是历史上著名的故事。而且，晴明还跟贺茂保宪进行过射覆的较量。

关于射覆，在《古今著闻集》中还有一段佳话。

有一段时间，藤原道长在进行斋戒。

所谓斋戒，是一种避讳的慎独之举。当遭遇凶险及祸事，或为了避开怪异之力及障碍之物的陷害时，斋主会一直隐居在家，足不出户。

这位藤原道长，是后一条天皇时代的实权人物。宽仁三年建成法成寺（正殿）后，遂享有"御堂关白"的美名，成了天皇的首席顾问。

在以《源氏物语》的作者紫式部等为核心的宫廷沙龙中，他充当着赞助人的角色。

道长因为什么进行斋戒，书中并没有说明。不过在道长斋戒期间，其府第正厅里，几位卓有成就的人物正聚在一起。

他们是解脱寺的观修僧正，著名医师丹波忠明，武士源义家，以及阴阳师安倍晴明。

时间是五月初一。有人把出产自大和地方的时鲜果蔬献给斋戒中的道长。那是刚刚长成的大和瓜。

就在大家要吃瓜的时候，晴明静静地说：

"在用斋期间，收到外来的果蔬，未免让人有点不放心。"

他命人把献上的瓜果摆成一排，卜了一卦，拿起一只瓜，说道：

"这只瓜妖气很重，其中必定潜藏着妨碍大人守斋的秽物。"

"那就让我来……"

观修僧正走过来，念佛祈祷，过了一会儿，这只瓜摇晃起来，摇动得很是怪异。

于是，医师忠明取瓜在手，扎入两根银针，瓜才不乱动了。

接着，义家拔出腰刀，把瓜一刀剖成两半，从瓜中竟然滚出一条漆黑的蛇，而且蛇头已经被干净利落地斩断，蛇的两眼插着忠明扎入的银针。

以晴明为头阵，四位高手联袂出手，挽救了道长的性命，实在是一段有趣的佳话。

下面介绍的，是记载于《古事谈》的花山天皇与晴明的逸事。

花山院位居天皇的显位时，患上了头风，还伴有头疼。

特别是进入雨季，头就开始疼起来，真是撕心裂肺的痛苦。请医生出诊，尝试各种治疗，均没有效果。

花山天皇于是把安倍晴明召来，让他看看自己的头风病。

"我明白了……"

晴明很快诊断完毕，对天皇说：

"您的前世是一位高贵的行者。"

"这关系到我的前世吗？"

"是的。您前世当行者，在大峰的某家旅店入灭归天。依据您生前的德行，今生今世贵为天子。"

"那么……"

"安葬好的前世骸骼，经过去年的一场大雨，与山土一道流失了，大都散失在大峰的四处,托钵也被夹在巨大的岩石之间。每当下雨时，吸进水汽的岩体就会膨胀，挤压托钵，您的头就会疼痛起来。"

也就是说，天皇的头风是无法药愈的。只要把夹在大峰岩石间的遗骸取出来，埋葬在适当的位置，头疼就会不治而愈。

天皇立刻派人前往大峰山进行调查，结果正好印证了安倍晴明的说法。

取出遗骸，按晴明的嘱咐进行供养，结果，就好像一场弥天大谎被揭穿一般，花山天皇的头风病完全康复了。

还有一件逸事，说的也是晴明与道长的故事。

建好法成寺后，道长每日前往正殿礼拜。

道长十分喜爱一只毛色银白的犬，在前往法成寺正殿时，总带着这只犬。

有一次，道长正要跨过正殿大门时，这只白犬突然狂吠起来。

道长下了牛车，正要迈步行走，白犬紧紧咬住他的衣裾，不让他过去。

"怎么了？"

他不大在意地想跨过去，白犬吠得更厉害了，还直起身子挡在道长面前。

道长终于意识到这件事有点异乎寻常，随即吩咐从人：

"请晴明过来吧。"

待道长正要在支撑着车轲的木榻上落座时，晴明到了。

"我碰到这么一回事……其中有什么蹊跷吗？"

晴明在门前走了几步，说道：

"嗯，这里确实充满不祥之气。"

"不祥之气？"

"有一种诅咒道长大人的物事，埋在大门下面。据说白犬身上有神通，它有所觉察，因而主动阻止了大人。"

"大门下面什么地方？"

晴明仔细观察了大门下边的泥土。"就是这里。"他指着地上的某处说道。

"挖开！"

大家把那里掘开一看，果然，从五尺多深的泥土中挖到一个物事。

是合在一起的两个素陶杯，用结成十字形状的黄色纸捻捆扎着。

撕下纸捻，打开合捆在一起的素陶杯一看，杯底有一个朱砂红字。

"这是什么？"道长问。

"这是一种相当恐怖的咒术。"

"到底是怎么回事？"

"如果道长大人正好踩在这块泥土上，就会吐血不止，今天晚上恐怕就有性命危险。一旦踩上去，我晴明也无能为力了。"

道长惊讶得哑口无言。

"不过，精通这种咒术的，除我晴明外，举国上下也不过数人！"

"你知道是谁了？"

"擅长这一法术的人，首推播磨国的道摩法师。"

"这位道摩法师是什么人？"

道摩法师，就是芦屋道满，可说是晴明的劲敌。在平安时代，提起法师，并不仅限于僧侣，阴阳师多数也用这个称号来彼此称道。

"那就要去问他本人了。"

晴明从怀中掏出一张白纸，把它折成飞鸟的形状，让它衔上一只酒杯。再抛向空中，白纸顷刻间变成了一只白鹭。

白鹭嘴里叼着素陶杯，朝着南方飞去。

"追上去！"

晴明带着人一起去追赶白鹭。白鹭飞到六条坊门小路和万里小路交汇处的一所古宅上方，从折叠门飞了进去。

晴明制止了追随而来的人们：

"我一个人进去就可以了。"

晴明一个人走进古宅。院内一片狼藉，蔓草丛生。

就在荒草间，一位蓬头垢面、衣冠不整的老法师随随便便地坐着。

白鹭就停在他的肩膀上，嘴里没有了素陶杯。不知什么时候，素陶杯已握在老法师手中，而且杯中已经装满水，也不知是什么时候汲来的。

"来啦，晴明……"

老法师嘻嘻笑着，露出一口不洁的黄牙。

老法师举起手中捧着的素陶杯，肩头的白鹭随即伸长脖子，津津有味地饮着杯中的水。

这时——

白鹭的身子眼看着渐渐软塌下来，变回原先的白纸，飘到地上。

"还真是你呀，道摩法师大人！"晴明说。

"我是受堀河左大臣显光大人之托啊。"

道摩法师云淡风轻地答道。

堀河左大臣显光，是关白太政大臣藤原兼通的长子，在官场上是与道长处于敌对关系的大人物。

道摩法师的意思是，他是受藤原显光所托施行咒术的。

"不要紧吗？"晴明问。

"你问什么？"

"刚才你已经说出显光大人的名字。"

"没关系。我跟他谈妥了。"

"谈妥什么？"

"我告诉他，这一次如果咒术受挫，他就要幡然醒悟。"

"醒悟？"

"我告诉他，如果我的咒术失灵，对方肯定是安倍晴明出手。我还告诉显光，如果是晴明出手的话，隐身法什么的也就没用了。"

"就是说，是显光大人让你诅咒道长大人的？"

"嗯。"

"不过，你瞒天过海的手段可数不胜数呀。"

"你是想跟我说，让我杀了你吧？"

"瞧你说得多可怕啊。"

"是你自己说的嘛。"

"我这样说过吗？"

"说过。"

"呵呵。"

"要想骗过你，除非把你杀喽……"

道摩法师恣意地哈哈大笑起来。

"道长身边的白犬，就是你出的点子吧。"

"不错，是我给他的。"

哼哼哼——

笑声没漏出来，老法师把它停在嘴边了。

"来喝一杯吧！"

道摩法师把手中的酒杯递给晴明。

刚才白鹭喝光的素陶杯中，又斟满美酒。

"那就不客气了。"

晴明坐在道摩法师对面，接过陶杯，把杯中物一饮而尽。

"味道怎么样？"

晴明把本应喝空的陶杯还给道摩法师，杯中还是佳酿满溢。

"不错。"

这一次，道摩法师接过陶杯，同样一饮而干。

"这件事，该怎么跟道长大人交待呢？"晴明问。

"照你所见所闻，有什么说什么就行了。"

接着，道摩法师悠然自得地说：

"你就说，是我道摩法师，也就是芦屋道满，受显光之托施行咒术。"

"可以吗？"

"量那道长还没胆子砍掉老夫的头。"

道摩法师露出一口黄牙，开心地笑了。

就像道摩法师所说的那样，道长在听过事情的来龙去脉后，说道：

"这不是道摩法师之过。可恶的是策动这一切的显光。"

道长顾忌的是，如果把道摩法师定成死罪，根本不知道他的怨魂会怎样作祟，结果闹出什么事来。

最终，道摩法师只是被放逐到播磨国了。

那位诅咒道长的显光的结果呢？

《宇治拾遗物语》是这样记载的："死后化为怨魂，在正殿周边作祟不断。世谓之恶灵左府云云。"

这是晴明晚年的趣闻逸事，跟我们要讲的故事相比，时间上还要推后一些。


四


提起播磨国，如前所述，是芦屋道满等阴阳师辈出的地方。

保宪的贺茂派和晴明的土御门派，是服务于朝廷显贵、声名在外的阴阳师，而那些生长于播磨国的阴阳师，就是活跃在民间本土的阴阳师了。

前面已经提到，法师有时也可指阴阳师。

下面，我想直接描绘一下正式的法师，讲一下僧家与阴阳师的区别。

真言宗密教高僧空海大师，在神泉苑实施求雨之术，此事尽人皆知。而依靠僧侣的法力，贵族们从鬼难中逃生、逢凶化吉的逸闻趣事也为数不少。

要说清僧人与阴阳师的差别，手边最接近的一个词就是"出家"。

与阴阳师一样，僧人施行诅咒，震慑怨魂，但他们最终是要出家的。舍弃世俗、皈依佛家教义的即是僧。与此相对，阴阳师既不出家，也不皈依神佛。

或许可以说，"俗"这个词，是关于阴阳师的一个关键词。

阴阳师产生的背景乃是阴阳道。这是一种源自古代中国的理念。从某种宗教的意义上说，僧人与阴阳师是迥然有别的。

就说安倍晴明吧。他一度像佛教中的行者那样，在那智的深山茂林中潜修千日有余，可他并没有出家。

《古事谈》记述道：

"晴明虽俗，却为那智山中千日之行者。"

好了，凑趣的话就到此打住，下面还是回到播磨国。

在播磨国，有一位阴阳师，也即法师，名叫智德。

"此法师实非等闲之辈。"《今昔物语集》这样记载。

有一次——

一条船装满货物，正驶往京都，可是在明石屿遭遇了海盗的偷袭。

海盗们将货物悉数掠走，把乘船的人斩杀一尽。侥幸活命的，只有及时跳到海里的船主和他的一名家人。

两人失魂落魄地好不容易游到岸上，不禁大放悲声。这时，有一位拄着法杖的老法师出现了。

他正是智德。

"嘿，你们为什么在这里哭个不休啊？"

"刚才我们碰到了海盗。货物被抢走，同伴被杀光，活命的就只剩我们两个了。"船主悲戚地说。

"那是什么时候的事呢？"智德问。

如此这般，在船主描述了一番后，智德大师望了望天，看了看海，又估测了风向。

"原来如此……"

智德点点头，说：

"或许我可以想法子把东西给你们弄回来。"

"真的？"

"嗯，我试试看吧。"

智德发现了停放在沙丘上的一只小船。

"好像是在那个船上呢。"

说着，朝小船走了过去。

"会划这种船吗？"

智德法师问船主和家人。

"当然会啦。"

"那就走吧。"

由家人划着小船，智德法师和船主坐在船上，往海面远处而去。

不久，他们在海面上停下船，智德法师站起身。

他提起法杖，把杖头伸到海里，在海面碧波上开始写起什么文字。边写边诵起咒语。

诵过一段咒语后，他说：

"好了，我们现在回去吧。"

智德法师收回法杖，又在船上安坐下来。

船一回到岸边，智德就面朝大海而立，开始做着手势，好像在用看不见的绳子捆绑看不见的东西。

"您这是在做什么呢？"船主不解地问。

不一会儿，智德停了下来。

"我已经做了我所能做的一切。请找五六个力气大的人一起来吧。"

船主依照吩咐，从邻近的地方找来几个男人，智德法师叫他们在陆地上搭起窝棚。

"就让我先在这里暂时等一下。你们仔细盯着海面，有什么情况就来告诉我。"

他自己进入小屋，和衣而卧。

"你说等一下，到底等多久呢？"船主问。

"哦，五天左右，也可能是十天左右吧。"

智德法师说完就闭起双眼。不一会儿，已是鼾声如雷。

船主半信半疑。他心里嘀咕，可能已经被这个脏兮兮的老法师骗了吧。又转念一想，智德从没说过要他们出钱，至少没有什么恶意，这一点是再清楚不过的。船主一心挂念着货物能否真的回来，焦急地等待着。一天过去了，三天过去了，眼看着五天的时间过去了。

到了第七天，海平面上忽然远远出现了模糊的船影。船影渐渐移近，到不远处停了下来。

船主跟雇来的五六个男人坐上小船，划过去一看，竟然是上一次出现的海盗船。

当他们战战兢兢爬上海盗船时，发现海盗们个个酩酊大醉似的，横七竖八地躺倒在船舱四处。

他们不费吹灰之力就把海盗们都捆绑起来。到船舱里一搜，被掠走的货物竟全都平平安安地放在那里。

"哎呀，法师啊，多亏您法术高明，我的货物全都回来了。太感谢了。"

船主向智德致谢后，准备把海盗移交给当差的人。

这时，智德劝道：

"等一下，如果把这些人交给当差的，他们都会问成死罪，统统斩首。如此一来，不就等于杀生吗？"

他解开捆绑海盗的绳子，说：

"好了，浪子回头金不换，不可再做恶人。"

就这样，把他们都放走了。

分手时，船主问：

"智德大师今后往哪里去呀？"

"去京都。"

"往京城去？"

"是啊。听说有位叫安倍晴明的阴阳师，擅使各种各样的方术。到底是何等人物，不妨前去会一会。"


五


晴明已经回到自家庭院里。

刚才他到广泽的宽朝僧正那里，欣赏了空海大师的墨宝。

虽然还不到黄昏，但红日已经西沉。

晚上已约源博雅来饮酒畅谈。

在博雅到来之前，还有一段时间。兴许遍照寺那边会把乌龟和蛤蟆送来吧。

用汲到桶里的清亮的水认真地浴足，用干爽的布把水滴擦干，双足顿觉无比轻松。连日雨水绵绵，踩到地板上，感觉地板仍饱含着水汽似的。

"让谁来帮忙呢？"晴明低声喃喃。

博雅来访，是一定要共饮几杯的，让谁去沽酒呢？晴明正在考虑这件事。

没有其他人居住的家中，哗啦啦，开始有动静。接着，周围悄悄响起声音。那是一种不是呼吸，也不是耳语，其实并非声音的响动。

"我要去！"

"不，让我去！"

正在这时，外面响起了人语声："打扰了。"

家中的动静顿时消失了。

"打扰了。"

又听到刚才的声音。

是谁呢？声音相当陌生。

"安倍晴明大人在家吗？"

走到大门口一看，那里站着一位容貌和蔼、老好人般的老法师。

因为长途跋涉，他身上的衣服沾着旅途中的尘埃，不免显得污旧。衣裾也给擦花了，垂的垂，掉的掉。

在老法师左右，站着两个十岁上下的童子。

一看到两位童子，晴明就轻轻地舒了口气。

"嗬，是式神吧。"

他把这句话咽到了肚子里。

看上去是孩童之相，其实并非人身，而是一种式神。

若能驱使式神，便是有相当修为的阴阳师了。如果数量达到两个的话，就肯定功力不浅了。

"久仰了，您就是晴明大人吧。我住在播磨国，对阴阳道也有些兴趣。"老法师讲着奇怪的话。

使唤着两名式神，却仍是一副外行人的表情，道出有些兴趣之类的言辞，还算是较为内敛。

"晴明大人，我听说阴阳师中最精于此道的就是您。我想向您求教阴阳道，才来到这里的。"

"欲求教稍少之事，方抵达此地。"

古书《今昔物语集》中这样表述。

你就稍微教示一二吧。这是古往今来破题时的客套话。

哈哈——

晴明心里已经会意。

原来这位法师是来试探我的。

在晴明鲜红的唇边，浮现出一丝微笑。

晴明把双手笼入袖中，在法师还没发现时就已结成印，默诵起咒语。

"您的意思我明白了，碰巧我今天晚上有些事推不掉，不得空闲。今天就请您先回去，改日再谈好吗？"

"实在太冒昧了。突然过来向您讨教阴阳之道，也事出有因，日后再选择好日子来造访吧。"

老法师搓搓双手，把手贴在额头上。

"那就改天再会吧。"

说完，他离开了晴明的家。

可晴明并没有回去，而是微笑着望着院外。

那位老法师是孤身一人离去的。

老法师好像在搜寻什么东西似的，凡是能藏人或停车的地方都不放过，边走边瞧。

到后来，他竟然返回到晴明跟前，站住了。

"您这是……"眼神清亮的晴明问。

"哎呀，我本来带了两个童子一起来的，可是他们不见踪影了。可否请赐还呢？"

"那可糟了。您一看就明白了，我这里没有谁留下来呀。"晴明佯装糊涂。

法师的额头上渗出了细细的汗珠，双眼像求援似的望着晴明。

最后，老法师像是终于彻底醒悟了，他当场双膝跪下，两手伏地。

"真是对不起。其实我到这里，是来试探您的功力的。"

他低头施礼。

"我本名叫智德。听说京城有一位叫安倍晴明的著名阴阳师，就想，到底是什么功底，去跟他会会吧，所以才到这里来了。"

法师把头抬了起来。

"我有一个愿望。请把它们还给我。"他恳求道。

晴明反倒顽劣起来：

"哎呀，你说些什么呀！"

"那两个童子，其实是我的式神。自古以来，使用式神是此道中人的习惯。把别人用过的式神藏匿起来却极其罕见，不是一般人所能达到的。我已经明白晴明大人功力深厚，实在是望尘莫及。"

"可是，我并没有把他们藏起来。只不过略略有点小事，借用一下而已。"

"借用？"

就在智德法师左思右想之际，听到有声音叫他"师尊"。原来两个童子从外面跑了进来。

智德法师立刻站起来迎候他们。

"喂，你们到哪儿去了？"

"遵照晴明大人吩咐，到那边买酒去了。"

一看，原来两个小童各提着一个装满酒的瓶子。

"就是这么回事。"

晴明从两人的手中接过酒瓶。

智德法师心悦诚服，诚惶诚恐地说：

"请收我做您的弟子吧。"

说完，他把自己的真名写在木牌上交给晴明，离开了晴明的宅邸。

那么，阴阳师主动把写有自己真名的木牌交给别的阴阳师，是什么意思呢？

这一举动，就等于把自己的生命交给了晴明。

如果向收下的木牌施行咒术，不管什么时候，晴明都可以轻易取走智德法师的性命。

把名签交出去，在阴阳师之间是再重不过的盟约了。

智德法师在晴明的实力面前，就是如此逊色。

这是位于土御门大路边的晴明的宅邸。

能出入这座宅邸的人，世间其实没有几人。

就是家中无人时，到了晚上门也会关上，家里还会亮起灯来。

即使没有人的动静，板窗也会支起来、放下去。

还有，听说晴明自己惯常使用的式神，就放养在一条戾桥下面。

在晴明身边，到底有多少式神呢？

有人说上百，有人说过千，也有人说上万，数量难以确定。

# 源博雅

## 一

夜色降临，皎月当空。

总算出了梅雨季节。

云卷云舒,离满月还有不少日子,透明得让人惊诧的浩瀚夜空中,挂着一轮如饱满的青瓜般的月盘。

月光从檐头照射进来，月光下，安倍晴明与源博雅正在畅饮。

在外廊内，两人坐在地板的蒲团上，手擎酒杯，相对而坐。晴明的右手边，在博雅看来是左手边，是庭院。

奇妙的庭院。看上去好像从来没有收拾过。

鸭跖草开着蓝花,绣线菊、红瞿麦、紫斑风铃草、早开的桔梗花等,花事正闹。

萱草也好，花卉也罢，那边一丛，这边一簇，或是叶茂茎深，或是花蕊绽放。

全都是些野花野草。

就好像是把原野的一部分，原封不动移到庭院中似的，与遍照寺形成了鲜明的对照。

所有的鲜花蔓草上，白昼的雨水尚未干透，又承载了夜露的滋润，更显得风姿宜人。

比雾气还细微的雨丝，在微风中飘动着，滋润着散布在庭院四处的芜草。

月华从天而下，清辉洒落其间。

夜露吸着清辉，在黑暗中闪着珠光，看上去仿佛天上的星辰降临凡尘。

萤火虫的光亮，一点，两点，三点……

夏天的蛩虫在夜晚的草丛中，鸣啾数声。

博雅凝视着庭院，表情仿佛沉醉了一般，却不是因为酒力。

晴明背靠着一根廊柱，支起右膝，膝上是擎着酒杯的右手。

他身披白色狩衣，不时把杯子凑近唇边。

左边，放着一只木箱，晴明左手搭在上面。

两人言辞寥寥。

好像在晴明与博雅之间，根本不必勉强地没话找话，这个样子就能充分地交流。

就这样过了一阵子。

"喂，晴明……"

若有所思的博雅终于开口。

"你好像又有举动了。"

"又有什么？"

"听人说，你在广泽的宽朝僧正那里，用柳叶就把乌龟与蛤蟆送走了。"

"还以为是什么大事呢。"晴明若无其事地说。

"在宫里，公卿们可把这件事传遍了。"

"真是流言疾如风，博雅，竟然都传到你的耳朵里了。"

"他们有人十分害怕。虽然你说会供养它们，可是，万一归天的虫豸作起祟来该如何是好呢？都有人来向我打听了。"

当时，提起虫豸，并非单指昆虫，还包括蜘蛛等节肢动物，以及蛤蟆呀、蛇蝎呀等等，总之是一种笼统的称呼。

"放生不就行了？"

晴明把杯子放在廊沿上，凝视着博雅。

"虫豸是不会作祟的。"

"哦。"

"其实呢，博雅，它们并没有丧生。"

晴明情绪怡悦地微笑着。

"什么？"

晴明拿开搭在木箱上的手，把箱子推到博雅跟前。

"这是怎么回事？"

"打开看看吧。"

晴明这么说，博雅就把杯子搁在廊沿上，伸手打开木箱的盖子。

他朝箱子里望去。

或许是灯盏放在地板上的缘故，箱子里面看不清楚。

不过，里面确实装着什么东西。

而且，里面的东西还在蠢蠢欲动。

"是什么？"

博雅把箱子提起来，对着月光，再次向箱子里面打量。

箱子比想象的要沉。

"晴明，这是怎么回事？"

"看见了吗？"

"蛤蟆和乌龟？"

"正是。"

"不是说你在遍照寺把它们都压烂了吗？"

"没有的事，根本没压坏。"

博雅仔仔细细地瞧着箱子里面。

"还活蹦乱跳呢。"

他丈二和尚摸不着头脑似的，低语道。

"我刚才不是说了嘛。"

"到底是怎么回事？"

"所谓虫豸，也是有生命的东西。轻易就把它们杀死是绝不应该的。不过，我也不希望那些公卿们到处散播流言蜚语。"

——晴明也并不怎么高明嘛！

——要他在蛤蟆身上一试身手，他竟然临阵逃脱了。光是嘴上说得好听。

"如此这般的流言在坊间乱传的话，我的事就难办了。"晴明淡淡地说。

"可他们都说，确实看见龟甲裂开了，蛤蟆也给压烂了。"

"我施了咒。"

"咒？"

当时，晴明对公卿们确实说过这样的话：

"要是使用方术，只要这么一片柔软的柳叶，也可以把你的手压烂。"

"当时，他们中了我的咒。"

"宽朝僧正难道也……"

"宽朝僧正怎么可能被那种咒弄迷糊呢？宽朝大人可是把一切都识破了。"

"那么……"

"柳叶飞落在乌龟与蛤蟆身上，确是事实。不过，乌龟与蛤蟆变成那样，只是我用咒让公卿们那么看而已，其实根本没有压坏它们。"

"那么，这里的乌龟与蛤蟆是……"

"就是在遍照寺的庭院里，每天聆听宽朝大人诵经的乌龟与蛤蟆啊。我想把它们当成式神使用，就跟宽朝大人说了，把它们领来了。"

"这么说，宽朝大人确实一切都了然于心。"

"所以他才把它们送给了我。"

"是这样啊。"

"就在你来之前，从遍照寺过来人，把它们送来了。"

"原来是这样啊。"博雅感慨不已地点点头。

"博雅，你把它俩放到院子里吧。"

"就这两个小家伙嘛。"

"嗯。院里有水池，它们在那里也可以活得自在些。"

"明白了。"

博雅点点头，把木箱搬下外廊，扶着箱沿，把它们倾倒出来。

从箱子里出来一只蛤蟆与一只乌龟，不一会儿，就隐身于草丛间，不见了踪影。

博雅目送着它们，把箱子重新放到外廊内，视线又转向晴明。

"你这人真滑头。"

"哪有啊。"

"如此一来，那些公卿们，好一阵子都在你面前抬不起头来了。"

"那正是我的用意嘛。"

晴明拿过酒瓶，朝自己的杯中斟满了酒。

他把杯子捧到嘴边，津津有味地品尝起来。

"味道越来越好啦，博雅。"晴明说。

"今天来了一位客人。我托客人带来的童子去沽酒。不知怎的，他们倒是带来了滋味越喝越醇的好酒。"

"这酒确实不错。"

如此一对一答，博雅也忙不迭地举杯近口。

二

他们酣畅地饮着酒。

不知不觉，一只瓶子空了，喝到第二瓶了。

这时，云团四散开来，漆黑透明的夜空渐渐显露出来，穹宇里星星闪烁着光芒。

月辉愈加皎洁，在月亮旁边，云头漫卷着朝东飞渡。

"好一轮明月呀。"博雅把杯子放下，轻声叹道。

"是啊。"晴明没有点头，只是低声应道。

萤火虫的清光不时飞掠而过，像是在安抚庭宇间的晦暗似的。

植物散发的浓郁气味，融化在空气中。

"晴明……"博雅出神地望着庭院。

"说真的，季节这东西，确实是不断变化的呀。"

"为什么说这些，博雅？"晴明凝视着博雅。

"也没有什么特别的，只是感慨而已。"

"感慨？"

"也没什么。我感慨的是，时间啦，季节啦，这些不断更迭变化的东西。"

"是吗。"

"你看，晴明——"

"什么？"

"这庭院啊。"

"庭院？"

"眼下难道不是一片丰茂吗？"

所有植物的叶子、根茎、花朵等，都吸足了水分，水灵灵、娇滴滴的，尽情舒展着。

"看到这一情景，我不禁更加觉出人的可怜了。"

"人吗？"

"是啊。"

"为什么？"

"眼下美丽动人的叶子和花朵，到了秋天，就会凋零枯萎。"

"唔，是这样。"

"如今它们是盛极一时，可不久之后，这些芊草也好，鲜花也罢，都会枯萎衰败，想想它们那时的样子，不知怎的，有一种不可思议的感受，觉得特别凄凉，不禁心生怜惜。”

“嗯。”

“人也是一样啊，”博雅说，“人也会变老。”

“嗯，是会变老。”晴明点点头。

“即使再英姿勃发的人，上了年岁，脸上也会皱纹横生，面颊松弛下垂，腹部松松垮垮地下坠，连牙齿也会脱落——”

“是这样的。”

“就连我自己，也不会一直年轻。我也一样会走向衰老。这些我都了然于心。”

“哦。”

“古歌中就有‘物哀胜悲秋’的佳句……”

“是啊。”

“不过，晴明，此时此刻，我倒另有一种异样的感受。”

“什么样的感受？”

“就像刚才讲的，比起草木凋零的秋天，反倒是春天和夏天花草旺盛的时节，让我更能感受到物哀之情。”

博雅擎杯在手，凝视着暮色中的庭院。

时令正是初夏。

不知不觉间，梅雨将逝的气息，充盈着整个暗夜。

“草木萌生，花蕾绽放，值此时节，我常会唏嘘叹息。”

终将枯败的芳草。

终将凋萎的花朵。

“我这是怎么啦，晴明……”

博雅没有把酒杯送到嘴边，而是放下酒杯，低语说。

"别笑话我啊。此时此刻，我觉得世间万物都令人不胜怜惜。"

博雅沉默起来，他在留神倾听。

夏虫在鸣唱。

夜风在轻拂。

"听到虫鸣，就觉得虫子可怜。轻风呀，空气中的香气呀，这过道上的旧痕呀，杯子的重量呀，目睹之事，鼻嗅之香，手触之物，耳闻之声，舌感之味，所有的一切，都叫人无比哀怜。"

晴明没有取笑他，眼角浮现出温柔平和的神情。

"喂，晴明，你没有这种感受吗？"

晴明嘴边眼角仍带着笑意，那是一种令人困惑、叫人哀悯、难以言表的微笑。

"博雅呀，你生性太忠厚了。"晴明说。

博雅的语气冷峻起来。

"老实忠厚，你是说我吗？"

"是啊。面对这样的你，我总是惊讶不已，甚至难于找到恰当的回答。"

"现在就是这样吧。"

"没错。"

"晴明啊，你呀，你不觉得这种说法太无情了吗？"

"无情……"

"是啊。"

"没有的事。我一直在想，能遇到你真的不错。"

"遇到我？"

"你是我的酒友啊。"

"酒友？"

"正因为有你在这儿，我才会跟人世间紧紧联系在一起。"

"跟人世间？"

"是。"

"晴明啊，你这样说，不是意味着你不属于世间吗？"

"有这种味道吗？"

"有啊。"

博雅又把放在廊沿上的酒杯拿在手中，一饮而尽。

他把空空的杯子搁在地板上。

"好不好，晴明？"博雅说，"这话都成了我的口头禅了。我想，哪怕你真的不是人，我博雅仍然是你的好朋友。"

"哪怕我是妖怪？"晴明的语气半带揶揄。

"对于这一点，我真的是说不清道不明，怎么也找不到合适的语言……"

博雅像是逐一搜索着自己心中的词汇似的，一字一顿地说。

"晴明就是晴明吧。"

"……"

"哪怕你不是人类而是别的什么，就算你是妖怪，你还是你呀——"博雅一本正经地说，"晴明啊，我有时倒是想，我要是你就好了。"

博雅凝神望着晴明。

空空的酒杯，没有再斟满。

"晴明啊，我这个人，是有自知之明的——我自己跟别人有些不一样。"

"怎么不一样？"

"那是无法言喻的。虽然说不清楚，可跟你在一起时，又觉得无从隐匿。"

"什么无从隐匿？"

"我自己呀。在宫里，总觉得披上了铠甲一般的东西，把自己完全遮蔽起来了……"

"嗯。"

"跟你如此相向而对，把盏畅饮时的博雅，才是真正的博雅。"

博雅说道：

"你为人身，我们一起欢饮；若你非人，我也不会不跟你一道饮酒叙欢。只要你是晴明，我们就会一起痛饮，就是这么回事。仔细考虑起来呢……"

"真是条好汉啊，博雅！"

晴明脱口而出。

"别笑话我好不好，晴明——"

"根本不是笑话你。是赞美。"

"哦……"

博雅点了点头，显得十分认真。

"我怎么感觉不到是被人赞美呢。"

往常，当晴明说他是好汉时，博雅总是这样回答。有时他甚至会说："你这样是不是说我跟傻瓜一样啊？"

而今晚的博雅充满信心地望着晴明。

"把话题收回来吧。"

他一边说，一边在空空的杯中斟满了酒。

"话题？"

"不是吗？我开始的话题是，边饮酒边欣赏庭院风景，不由得心生眷恋。"

"怎么讲？"

"比方说吧，如果有一位值得怜惜的人陪伴在身边——"

"真有吗，博雅？"

"我不是说假如嘛。"

"如果在这里又怎样？"

"此人年事已长。脸上皱纹堆累，从穿戴在身的衣饰随便望去，便可发现她已筋松肉弛，浑身无力……"

"嗯。"

"而最清楚这一点的，正是她本人吧。"

"也许吧。"

"原先不可方物的曼妙丰美，渐渐离她远去……"

"嗯。"

"怎么说呢，这种感觉是年少轻狂、风华正茂时无暇思考的。而正是这一点，令我尤其觉得可怜可哀。"

"还有皱纹……"

"是啊。"

"嗓音沙哑了，面颊肌肉也松弛了？"

"嗯。"

"……"

"此人面对日益老去的自己，心中怀有凄清悲凉之意，这种悲哀之情，更令人觉得无比怜惜。"

"哈哈。"

"或许，这正是因为我行将老去吧。"

"嗯。"

"这到底是怎么回事呢，晴明？"

"你指什么？"

"身姿美丽迷人啊，肌肤圆润可爱呀，都会一去不返。或许正因为如此，世人才认为红颜最堪怜。"

"呵呵。"

"身姿迷人啊，美艳照人啊，都仅仅是觉得伊人堪怜时的借口吧——"

"喂——"晴明紧盯着博雅说，"奇怪呀。"

"哪里怪了，晴明？"

"你莫不是有了意中人？"

"意中人？"

"依我看，还是一位令你心动的佳人呢。你是不是喜欢了哪位女子？"

"不是。那是另一码事。"

"怎么不是一码事呢？若是另外的女人，你会挂在心上吗？"

"别着急嘛，晴明——"

"我着急？"

"我呢，还根本没有握过对方的手，就连姓甚名谁也无从得知。"

"还不是有嘛。"

"跟有没有之类还是不一样的。因为她家居何处，我也一点都不知道。"

"到底是有呀。"

"……"

"原来真有其人呢。"

"过去的事了。"

博雅微微泛红了脸膛。

"多久的过去？"

"十二年了。"博雅说。

晴明愣住了。

"那么久远的事？"

"嗯。"

"可是，博雅，你怎么会不知道她的名字呢？"

"因为她从未说过她的名字。"

"你没有问过？"

"我问过。"

"是不是问了也没有告诉你？"

"是。"

"到底怎么回事？"

"都是因为笛子。"

"笛子？"

"晴明啊，我有时会情不自禁地想吹吹笛子。"

"明白。"

"比方说，在一个像今晚这样明月皎洁的夜里，我会独自一人行至堀川，在河边吹笛，以至通宵达旦。"

"会吧。"

"春宵山樱摇曳，花簇上方明月高悬。此情此景，时常令我心潮难平。不知怎的，内心会觉得无比凄苦，不吹吹笛子便难以忍受。"

"这么说——"

"十二年前，正好是这样的一个夜晚。"

"呵呵。"

"是在一个月明星稀的晚上，野樱花开始飘落——"

博雅未带随从，带着笛子走到户外。

博雅官三位。

作为继承了高贵血脉的殿上人，在夜静更深时分，不带一个随从就步行外出，在博雅这种身份的人来说是极其罕见的。

可对博雅而言，却是再寻常不过了。

十二年前的那个夜晚就是这样。

在堀川桥畔，博雅在月光中吹着笛子。

是横笛，又名龙笛。

春宵恼人的轻风拂来，河水的潺潺声在幽暗中轻轻回响。

博雅忘情地吹着笛子。

笛音透过月光，直朝高空飞去。

音色仿佛肉眼可见一般，闪亮透明。

月光与笛音在天宇内融成一体，哪里是月光，哪里是笛音，已浑然莫辨。

博雅是吹笛高手，再没有比他更得上天青睐的乐师了。然而，虽然拥有四溢的才华，他并不以此自诩。

因为博雅自身，就是一种乐器。

可以是笛子，也可以是琵琶。

不管是怎样出脱于世间的名品，对身为名贵乐器这一点，乐器往往是不自觉的。

　　即使身为世间罕有的珍贵乐器，博雅对自身作为乐器的禀赋也是浑然不觉。

　　不过，这种名为源博雅的乐器，是一种不弹自鸣的乐器，是不需要演奏者的。尽管任由心灵翱翔好了，它自会鸣唱不已。

　　若天地间有动静，博雅这一乐器自会产生感应。

　　心灵若在悸动，则会听任心之所思，颤动乐弦。

　　当季节变幻，内心有所摇摆，博雅这种乐器会自然奏出其中的乐章。

　　欲罢不能——

　　凄苦不堪——

　　就乐器自身而言，是再顺理成章不过的了。

　　博雅吹起笛子，就是这一欲罢不能的乐器自身，主动奏响了乐曲。

　　博雅就是一支笛子。

　　置身于月光中的笛子，由于无法忍耐月光的清辉，自身开始奏鸣起来。

　　对博雅自身来说，根本没有正在吹笛子的感觉。

　　变幻不停的季节感与天地间的气息，渗入博雅的身体，又穿过他的肉身而去。这时，博雅这支笛子，奏响了感性的音符。

　　欢乐，喜悦——

　　博雅的肉体是天地自语时的一种乐器。

　　世人也好，天地也好，总有不鸣不快、欲罢不能的时刻。

　　在这种意义上，源博雅这一生命，正是天地间的沙漏。

到底流逝了多少时间呢？

猛地有所察觉，博雅睁开眼睛。

之前，他一直闭着眼睛吹笛。

把笛子从嘴边移开，发现对面河岸边的大柳树下，停着一辆牛车。

是一辆女宾车。

在月光下仔细看，发现香车旁边侍立着两位男子，像是杂役或者家人。

到底是怎么回事？

是找我有什么事情，还是正在这一带办什么事？

博雅不再吹笛，朝香车的方向凝望。车子只是静静地停在那里，既没有人从车子上走下来，也没有发出一丝声响。

夜风中荡漾着一种好闻的香气，好像是从香车那边飘过来的沉香气息。

到底是哪位血统高贵的美丽小姐，静悄悄地坐在车中呢？

博雅心有所思，却没有主动去打招呼的意思。

那天晚上，博雅就此回府。然而，与那辆香车的邂逅却远非终结。

第二天晚上，博雅又行至堀川，吹起了笛子。

不一会儿，当他在桥旁按笛，有所察觉似的抬头打量，发现那辆香车又停在那里。地点仍然跟昨晚一样，是在河边柳树下。

博雅心中暗忖，此事有些蹊跷啊。却还是没有上前招呼一声，只是任其自然。

博雅本来打算下一个晚上还去吹笛子，可是不巧，天下雨了，结果没有去成。

隔一天他再去时，那辆香车仍停候着。再接下来的夜晚，香车仍然停候在那里。

那辆香车好像是来听自己吹笛子的吧。到了第五天，博雅似有所悟。

或许，这辆车子就是专为聆听我的笛声而来。

不过，就算是这样，又是从何时开始的呢？

最初见到它是四天前的晚上，在那之前，博雅也曾隔三岔五地行至堀川桥边吹笛子。

兴许，从老早开始，车子就来了，只是自己没有觉察。

博雅兴致浓厚起来。

到底是什么样的人坐在车里呢？

"晴明，我不知不觉就对香车产生兴趣了。"

博雅告诉晴明，第五天晚上，他终于开口了。

博雅垂下持笛的手，朝香车走去。

是一辆吊窗车，轭头系着一头青牛。

在牛的两边，看似杂役和家人的两位男子，默默地侍立着。

博雅在车前站住，不是朝杂役，而是直接跟车主打起招呼来。

"每天晚上，您总是在我吹笛时前来。到底是什么样的高士坐在车中？是不是有事和我商量？"

"实在太失礼了！"如此回答的竟是杂役。

杂役和家人一齐单膝跪下。

"坐在车里的，是我们服侍的府中小姐。"

他们低头施礼。杂役说：

"七天前的晚上，小姐正要就寝时，隐隐约约听见笛声从外面飘来——"

小姐一直侧耳聆听着，直到笛声消失才上床就寝。可是到了第二天，那笛声还一直萦绕在耳边。

到了第二天晚上，又听到了与前晚相同的笛声。

越是侧耳细听，那笛声就越是悠扬清越，回旋在耳旁，久久不去。

"到底是什么样的人奏出了这么美妙的音乐呢？"

小姐来了兴致，便命杂役驾车出门，循着笛声来到堀川小路。

到这里一看，果然看见横跨堀川的石桥畔，站着一位身穿夏布长衫的男子，在月光中吹着笛子。

那么迢远的地方尚能听到如此清越的笛音，吹笛之人决非等闲之辈。

于是，每天晚上，当笛声传来，小姐都会喃喃轻语：

"我们去听吹笛吧。"

杂役如此这般告诉博雅。

车内的小姐依然沉默无语。

外面的对话自然能听得一清二楚。可是珠帘里似乎更加安静，没有一丝声响。

"请问是哪家府上的小姐？"

"实在很抱歉，小姐要我们保守秘密，我们也没办法。如果打扰您的话，明天晚上我们就不来了。"

"怎么会？其实是我打扰您了——"

博雅话音才落，车中响起了美丽的声音：

"如果可以的话……"

那是纤柔无比的女子的声音。

是一种仿佛轻柔的风拂过薄薄的丝绸的声音。

博雅望着车子，但见帘端稍许提起来一点，一只纤纤玉手露了出来，细长的手指握着一束山樱枝，枝头上还残留着樱花。

"这个送给您……"女子的声音说。

博雅双手接过花枝，但闻珠帘内飘出一股无法形容的甘美香味。

那是沉香的气息。

除了沉香，还混合着数种香木的高雅气息。

博雅拈枝在手，那只玉手缩回车内，帘子像当初一般落了下来。就在此时，车中女子所着衣裳的裾边，在眼前倏忽一现。

那是红白相间的苏木颜色——

女子并未出声，杂役和家人站起身来。

辁辘声响起，牛车走动了。

车子在月光中静静地远去。

博雅左手握笛，右手拿着山樱枝，一直目送着车子远远而去。

"当时，我无法望见她的玉容。我想，是位优雅高贵的小姐吧。"

博雅对晴明说。

"她的声音听上去如此熟稔，手指细白若柔荑。从车中散发的香味，正是薰衣香。帘子下面一闪而过的衣袂，是山樱图案的艳丽和服。"

"就到此为止？"

"没有，接下来还有一段故事。"

"呵呵。"

"每当我去吹笛时，那位小姐也会跟随而来，这种情形后来还持续了一段时间。"

博雅吹起横笛，不知不觉间那辆牛车就过来了，静静聆听着如缕笛音。

这种情形持续了三个月左右。

即使是淫雨霏霏的日子，只要博雅出门吹起笛子，小姐总如期而至。

这段日子里，两人并未交流片言只语。

"那一天，正逢眼下这样的时令……"

博雅把酒杯注满，一饮而尽，感慨不已地回忆起来：

"是在梅雨渐去的时节，一个雨霁云开、月挂中天的良宵……"

就在那天晚上——

像往常一样，博雅吹起了横笛。

细若游丝、如同轻雾般的水汽从地面升起，月辉从高空迷迷蒙蒙地照射下来。

河边柳树下，一如既往停着一辆女宾车。

此时，像是跟博雅的笛声相应合，响起了另一种乐音。

是琵琶的声音。

博雅边吹笛边移开视线，发现乐声从那边的车里飘了过来。

真是美妙无比啊……

博雅不由得心生喟叹。

那是何等迷人、何等令人心仪的韵律啊。

弹奏者技艺非凡，可心灵是封闭的。仿佛要释解心中之结，声音从琵琶上流泻出来。

琵琶声与博雅的笛声相契相和，博雅的笛声亦与琵琶之声水乳交融。

在明月的清辉下，如此琴瑟相和，真是其乐融融，甚至让人油然生起光彩耀目的感觉。

博雅忘情地吹着笛子,进入一种在梦中遨游般的心境,如痴如醉,浑然不觉时光流逝。

当博雅停下来,琵琶的声音也悄然而止。

他还在迷离惝恍之际,杂役开口道:

"请问……"

"什么事?"博雅问。

"小姐有一物想赠予大人。不知您能否移步过来?"

杂役恭谨地低头行礼。

"明白了。"

博雅点点头,静静地行至车子旁边。

"琵琶,是您……"博雅低声问。

"拙劣之至,有扰清听。"女子的声音从车内传来。

"哪里,让我浑然忘却了时光的流逝呀。"

"今宵终于忍不住技痒,弹起了琵琶,请您原谅。"

"啊,今夜的琵琶声,美妙绝伦啊。不知那是什么样的名贵琵琶呢——"

"也不是什么名贵的东西。"女子声音低低地说。

"请问您有什么事吗?"

博雅说毕,不知何时,珠帘的一端提起,露出一只玉白的纤手。纤细的手指间,拈着一枝芍药。

沉甸甸的花瓣盛开着,洁白如雪,一股难以言表的甜美香味扑鼻而来。

花香与女子衣裳里的薰衣香和在一起,几乎令博雅顿觉身处人间仙境。

"赠给您……"女子的声音说。

博雅把花枝拿在手中，花朵湿漉漉、沉甸甸的，还饱含着是日黄昏方歇的雨滴。

"我一直对您感激不尽，博雅大人——"

女子的声音从车中传来。

"您知道我的名字吗？"

"是的。"女子答道。

"您说的'一直'，是什么意思呢？"

问是问了，珠帘中只有沉默，没再作答。

"您的芳容，可否——"

听博雅说罢，一种若有所思的沉默持续了片刻。

不一会儿，刚才见到的雪白手指提起帘子，帘帷轻灵地升了起来。

车子里端坐着一位身穿碧柳图案的艳丽和服、妆容淡雅的年轻女子。

在揭开的帘帷的阴影中，女子把身子探到月光中，抬头望着云天，仿佛博雅并不在场似的。

是一位看上去二十岁上下的美丽女子。

她那仰望天空的双眸，又大又黑，秋水盈盈，映照着月色的清莹。

"好迷人的月色呀……"

她朱唇轻启，如此喃喃。

慢慢地，帘子落了下来。女子的面容又隐去不见了。

博雅张开嘴，想说点什么，却又说不出什么。

帘帷合上了。

"如果，您能告知芳名——"博雅说。

可是，没有回声。

牛车又轱辘辘地走了。

三

"就到此为止了。"博雅对晴明说。

从那之后，几近一月，博雅数次前往堀川，在那里吹起笛子。可是牛车却不见踪影。

"哎呀，博雅，在她来的那些日子里，你就叫人帮忙，叫什么人都成，跟在牛车后面不就成了嘛！你难道没有那样做——"晴明问。

"想是想过，可既然对方连名字都不肯说，再做这种事，总觉得有点不合适。"

那种有伤风雅之事，我是怎么都不会做的。博雅说的是这样的意思。

"我至今还记得她当时掀起帘子欣赏月色的玉容，就算她在月光中飞升而去，我也一点都不会惊奇。"

博雅透过屋檐凝望着天上的明月，唏嘘不已。

"在堀川吹笛子的时候，有时候，我能感觉到她的气息清晰地传到我的耳边。"

笛子如泣如诉。

对面的牛车静静地停靠着。

在珠帘里，小姐聆听着笛声，静静地吸气、呼气，吐纳着兰蕙之香。她的吐纳声竟然传至博雅的耳鼓。

"我的耳边，似乎至今还留着她当时的呼吸声。"

博雅把视线从明月转向晴明。

"接下来——"晴明问。

"接下来，你指什么？"

"我的意思是，故事还没有结束，后面的也该讲出来了吧。"

"你知道？"

"当然。你不是一个会藏藏掖掖的人嘛。"

"晴明，你不是说我跟傻瓜一样吧？"

博雅故意用不大自然的别扭腔调说话。

"我可没说。"

"嗯。"博雅举杯近口，说道，"其实呢，晴明——"

他把身子轻轻地往前挪一挪。

"十二年后，我跟她再次相逢了。"

"呵呵。"

"而且就在今天晚上……"博雅说，"今晚月色这么美好，来此之前，我吹着笛子信步到了堀川桥旁。"

博雅自言自语，自己会心地点点头。

他走出自家宅邸，空气中充溢着梅雨将逝的气息。

天空中，云幔四散飘飞，月亮探出头。

随着云团飘动，月亮忽隐忽现。

夜晚的空气饱含湿意，但博雅的笛音仍极有穿透力。

"走到堀川桥边，不禁回想起当初那位小姐的风韵，于是在那里吹了一阵笛子。"

吹了一阵子，博雅忽然注意到什么。

"奇了，晴明，柳树下竟然停着一辆牛车——"

博雅的声音高起来。

"每当我无比怀恋当初，就往堀川一带走走，这种事以前也常有，今天晚上并非初次。就我本心而言，根本就没想过能跟她再相逢。"

博雅把笛子停在唇边，敛声屏气。

牛车旁只跟着一位杂役，脸形还有点熟悉。

"难道……"

博雅头脑中涌现的只有这个词。

难道真有这种事吗——

心中这样想着，不知不觉，博雅的脚步自然而然朝着牛车的方向走去。

博雅在牛车前站住了。还是那部吊窗的牛车。

"博雅大人……"

从帘子里传出了声音。

那是十二年前听过的女子的声音。

"是您……"

"久违了。"细柔的声音说。

"听到暌违已久、令人无时或忘的笛声，我又赶到这里来了。博雅大人也在这里——"

"我也没想到能与您再次相见。"

"美妙的笛声一如往昔。我听过之后，有一种在月光中朝着上天飞升而去的感觉。"

"您的声音，一如我的记忆，丝毫未改啊！"

博雅的话才出口，就听见帘子里传出了难辨是叹息还是浅笑的声音。

"过了十二年，女人变化很大……"

女子低低的嗓音喃喃着。

"这个世上，没有东西是一成不变的。人心也是如此啊。"女子感慨地说。

"我也以为再无缘一睹芳容了。"

"我也这样想的，博雅大人……"女子轻声说。

博雅从近处打量，车子确实与十二年前一模一样。只有帘子是崭新的，而车子的形状、车篷的颜色都似曾相识。有些地方变旧了，不少地方有油漆剥落的痕迹，可还算保护得不错。

杂役的模样，尽管过了十二年，还是记忆中的样子。

"今晚如果不是听到笛声，可能真的无法再会面了。"

"我的这支笛子，让我和有缘人再度相会啊。"

"是的。"

博雅会意，又把笛子放到唇边。

叶二——

这是博雅的笛子的名字。

笛子，又吹了起来。

曼妙的音韵轻灵地滑出了笛管。

那是十分纤美的声音。好像金丝银丝缠绕在一起往远方铺展而去。几只带着蓝色磷光的彩蝶，在月光中，在细线上，飞舞着，嬉戏着。

一曲才罢，一曲又至。

这一曲终了，那一支又接踵而来。

博雅恍惚迷离地吹着笛子。

从博雅的双眸里，一条线，两条丝，热泪顺着脸颊流下。

哪怕博雅停止吹叶二，周围的空气还是蕴含着音律，摇曳着，震颤着。

在温柔如水的沉默中，唯有月光从苍天泼洒下来。

就连空气中的一个个粒子，都感应着博雅的笛声，宛如染上了微妙的毫光。

从帘子里传出低低的呜咽声。

"您怎么啦？"

博雅不禁问道。

过了一阵子，饮泣声渐渐止住了。

"有什么伤心的事吗？"

"没有什么。"

一阵沉默。

像要打破沉默般，女子又说：

"博雅大人，今天晚上您要去哪里呢？"

"哦，我打算到土御门的朋友那里去。"

"您说土御门，那么是安倍晴明大人府上吧。"

"是。"

"我听说博雅大人与晴明大人关系非同一般。"

"是吧。"

博雅点点头，接下来又是一阵沉默。

"博雅大人，我有一个请求。"女子说。

"什么事？"

"听说安倍晴明大人能使用方术，操纵式神，行种种不可思议之事，都是真的吗？"

"既然您听人们这样说，或许确有其事吧。"

博雅回答得很含蓄。

晴明不时展示出的方术，连博雅也数度惊讶不已。不过，那些事是不适合落于言诠的。

"是确有其事吧。"

"嗯，可能吧。"

博雅的回答让人捉摸不定。

女人沉默着，好像有什么事难以决断，过了一会儿，才说道：

"这一次，在五天后的七月初七，相扑士们会举行宫廷赛会。那时，真发成村大人将与海恒世大人举行比赛，这件事您知道吗？"

"知道。"博雅点点头。

真发成村是左最手。海恒世是右最手。

"最手"是当时相扑的最高级别，等同于"大关"。今天，"横纲"成了最高级，而"横纲"是自"大关"后新生的称号，当初并不是表示级别的词语。表示相扑级别，不同时代有不同的称号。

真发成村与海恒世这两位左右最手，会在本次宫廷赛会上较量一番，这件事博雅当然知道。

"如今，在皇宫里，公卿们都在猜测到底哪一方会赢呢。"

"是吗……"

"您有什么事吗？"

"唉……"

女子缄口不语。过了一会儿，终于下定决心似的开口说：

"您能不能替我请求安倍晴明大人，让某一方输下阵来？"

"……"

博雅一时哑口无言。

这个女子到底在说些什么呢？他弄不明白女子葫芦里装着什么药。

"能不能请安倍晴明大人使用一些方术，让右最手海恒世大败而归呢……"女子再次开口请求。

"这、这种事……"

对这个问题，博雅无法回答。

此时，从帘子下面，露出一只雪白的玉手。

那只手抓住帘子一角，帘子轻轻地自下而上，升了起来。

身着烟柳图案艳丽和服的女子姿影呈现在眼前。

薰衣香的气味更加浓郁了。

那是久违十二年的容颜。

这次不是朝着月亮，而是正面凝视着博雅的脸膛。

在月亮的清辉下，女子的容颜明明历历。

十二年的岁月流痕印在她的脸上。

面颊的肌肉因不堪重负下垂，在嘴唇的两端，也出现了皱纹。

在眼角周围、在额头上也有了皱纹，在月光下看得一清二楚。身体似乎长出了赘肉。

面容还是清瘦，但分明与以前不同了。

博雅一时茫然失措。

并非因为瞥见女子身上十二年的岁月流痕，而是女子对此毫不隐藏的坚强意志，令他不自觉地退缩了。

一位身份高贵的女子，即使在月夜，在男子面前如此抛头露面、大胆相向，也是从未有过的事。

女子到十五六岁时，已经嫁作人妇，是这个时代的普遍现象。因此，这位女子深刻的觉悟才历历可见。

博雅不知如何作答才合适。

"我会拜托晴明的"，这样的话是不能乱说的。

可是，对这个女子，说不出"那不可能"之类伤人的话。

在女子凝视着博雅向他求助的眼眸中，一种难以言表的深沉的悲哀在悄悄燃烧。那种火焰在她的眼中久久不去。

博雅实在难以应答。他的心似乎被劈成了两半。

就算问出"为什么"，听她讲明了理由，也不可能答应她。

办也好不办也罢，有决定权的不是博雅，是安倍晴明自己。而且，就算自己拜托他，晴明也不会接受施咒的主意。

博雅无奈之余，只有沉默以对。

"实在是抱歉了。"

女子忽然说。

"这种问题是不可能有答复的……"

寂寥的笑意浮上女子的唇边。

"刚才所说的事，您就忘了吧。"

女子低下头去，帘幔徐徐降落，把她的身影隐藏起来。

博雅张开口，却难以成言。

轱辘轱辘——

仍像十二年前那样，牛车又开始走动了。

"或许……"博雅说。

可是，牛车没有停下来。

从渐行渐远的牛车里，传来女子平静的声音：

"真的是一支好笛子啊！"

博雅在月光下伫立良久。


"原来是这么回事啊。"晴明叹道。

"当时我跟她是无言以对的。如今，在这里喝酒，想起了细节，胸中还痛苦不堪。"

博雅把眼睛埋下来，视线落在手中的杯子上。

倒满清酒的杯子，没有送到嘴边，而是放到廊沿上。

"不过，晴明，我不会拜托你使用什么方术让海恒世大人败阵。"

"是这样。"晴明点点头。

"当然也会因事而异，但这种事恐怕无法商量。"

晴明直截了当地回绝了。

"我也不明白是怎么回事，但肯定有相当复杂的情况。"

"嗯。"

"对她的烦恼，我是一筹莫展啊……"

"博雅，其实她也明白，她懂得自己所托之事是何等鲁莽。"

"也许吧。"

"因此她才自己先行离开的。"

"你真是洞明事理啊，晴明。正因如此，一想起那先行离去的人的心情，我就会更加难过。"

博雅长长地叹息。

"晴明，在我内心中，好像蛰伏着一种奇怪的因子。"

"哦？"

"比方说吧，就算是无法办到的事，就算是有违人道的事，如果是为了她，我也想倾力奉献。这种情怀一直挥之不去……"

"博雅，你是不是对她有情——"

"是。"

博雅取杯在手，抿了一口清酒。

"跟十二年前相比，不仅年岁增加，也更加消瘦了。"

"……"

"她不过才三十出头吧。在我看来，这种年岁的风韵，这种人比黄花瘦的境遇，更叫人牵挂。"

"有关宫中的相扑大会，她提及了？"

"嗯。她希望在海恒世大人与真发成村大人的较量中，让海恒世大人输掉。"

"有关比赛胜负，是不是有什么隐情呢？"

"我怎么猜得出来，晴明——"

"这次比赛，确实是位居中纳言的藤原济时大人向天皇报告才定下的。"

"嗯。那是因为济时大人非常喜欢恒世大人。"

"海恒世大人与真发成村大人进行比赛，这还是第一次吧。"

"是的。"

"作为一位相扑士，真发成村大人的年岁应该不轻了吧。"

"大概四十出头了。"

"海恒世大人呢？"

"还没到三十的样子。"

"哦。"

"宫中议论，多数认为年轻的恒世大人会取胜。"

"应该是吧。"

"不过，希望成村大人胜出的人也不在少数。"

"取胜，跟希望某人胜出，意思并不一样。"

"不错。就是那些口头说祈盼成村大人获胜的人，在谈及真正的胜负时，还是认为胜出者将是恒世大人——"

"情理之中啊。"

"成村大人的身体跟以前相比，缺少了张力，减少了光泽，不过，跟年轻人一起练习时，还是能轻易把他们扔到场外。"

"可那些年轻的练习者并不是最手啊。"

"是啊。"

"话说回来，博雅，你在堀川桥边遇到的人，到底为什么希望海恒世大人落败呢？"

"或许她是真发成村的妻室。"

"这么说来……"

"我固然关心比赛的进展，可她的情形，才真正让我惦念在心。"

博雅不禁再次长长地叹息。

"她美若天仙吗？"

晴明有点突兀地径直问道。

"美若天仙？"

"跟十二年前相比，到底增色多少？"

"刚才不是已经说过了吗？"

"具体情形是怎么样？"

"说起她的肌肤，如果没有皱纹的话，仍然和十二年前一样美艳迷人。可是依我看，如今的她熟若蜜桃，有十足的丰腴。不过，我所说的并不是这些。"

"是什么？"

"算了，晴明……"

博雅要端正坐姿似的，从正面望着晴明。

"不是美艳不美艳的问题。染上十二年岁月风霜的她，在我看来，愈发让人怜惜了……"

他语调严肃，从晴明脸上移开视线，望着自己的膝盖。

他的膝头放着装酒的杯子。他取杯在手，将酒一饮而尽。手中拿着喝空的杯子，把视线移向夜色中的庭院。

"是怎么回事呢，现在的这种心境……"博雅喃喃着，"或许是因为我跟她同病相怜吧。"

"哦？"

"我指的是，我跟她乘着同一条时间之船，沿时光之川顺流而下。我的身体呀，声音呀，已不是往日的样子。我也会随着逝水，衰老，枯萎……"

"可是，博雅，你不觉得奇怪吗？"

"奇怪什么？"

"照你的意思来讲，所有有生命的东西，不都是乘着同一条时间之船吗？并不是只有她和你啊。谁也没有例外，都在乘着同一条时间之船随波而去。不是吗？"

"嗯。"

"怎么啦？"

"哪怕你问我怎么啦……"

博雅支吾起来。

"……我明白你的意思，晴明。总之，用语言我只能这样表述，没有别的办法。"他直言道。

"嗯。"

"比方说，晴明，熟悉的身体正渐渐老去，哪怕冰肌雪肤也不能逃脱，这样的人难道不更可悲吗？"

"嗯。"

"可是，因为她正在走向衰老，才更叫人怜惜吧。因为衰老的肉体更堪怜惜，那样的人也更堪怜惜……"

"……"

"不知怎么回事，最近总是产生那样的感受，让人不能自持。"

"是吧。"

晴明点点头，说：

"你的意思……我心里明白。"

晴明的话居然也会断断续续的。

"是吗，你真的懂得吗？"

"可是，博雅，你打算怎么办？"

"你是说——"

"要寻找她吗？"

经此一问，博雅手中持杯，沉默无言。

"你是否打算去找她，跟她再度相逢呢？"

"不知道。"

博雅说，又斟满酒，一饮而尽。

"如今是更加弄不明白了。"

博雅低声说着，随即把喝空的杯子放在廊沿上。杯子发出细微的声音。

在洒满如水月光的草丛中，夏虫吟唱得正欢。

# 相扑大会

## 一

据《今昔物语集》记载，海恒世是丹后国的相扑士。

夏日里的一天，恒世出门散步，信步而行。

恒世脚蹬木屐，硕大的身体披着一件和服单衣，腰带自然地缠绕着。

他带着一个随身侍应的小童。

在恒世居住的宅邸附近，有一条小河。那是一条古老的河流，绿漪清波。还有好几处水潭，深不见底。

他手中只有一根藜杖。

两人信步来到河畔。

他沿着河岸，趁着阴凉，踏着碧草前行。

太阳已经变大变圆，向西天倾斜，眼看快落山了。

恒世在一处大大的水潭前伫立了一阵子。

在水潭周围的岸旁，数株年深日久的大柳树布下一片浓荫，枝条垂落到水面上。

水潭里的清水，不堪重负般卷着旋涡，蓝靛靛的，深不见底。

在柳树的树根处，芦苇丛生，菰属繁茂，一片生机，却让人觉得阴森森的，心里有点发毛。

就在这时，恒世看到一个匪夷所思的东西。

深潭对岸的急湍水面上，忽然腾起一条水柱。那条翻腾的水柱，眼看着就穿过潺潺的水流，朝恒世这边蹿过来。就像有个顽童把头埋在水中，正在水中疾速地畅泳。

"喂——"

恒世站在河岸上，紧盯着这一场面。

当水柱靠近这边的河岸时，从翻腾的水波中，猛然出现了一条大蛇的头。

它眼中闪着幽绿的光，口中吐着鲜红的信子，在水面上狂抖。

"哎呀！是一条大蛇。恒世大人，快逃吧。它会吃了我们的。"童子惊叫起来。

"嘀，那可太有趣了。"

海恒世平静地盯着越来越近的大蛇。

"恒世大人！"

童子大声叫着，终于飞奔而逃。

大蛇停止翻腾，幽幽的绿眼睛望着恒世。

那是一种欲将恒世撕成碎片般的恐怖眼神。

"呵呵，这怪物或许在掂量我有多大分量吧。"

恒世和大蛇对峙着。

从头部的大小来看，这无疑是一条相当大的虬蛇。

不一会儿，它把头潜入水中，恒世以为它收敛凶性，退去了。水中的波澜朝对岸迤逦而去，到对面的芦苇丛中，消失了。

"原来是逃跑了。"

恒世刚这样想，却发现水面陡起波澜，再次朝这边疾速逼近。仔细一看，这次从水中渐渐露出的不是蛇头而是蛇尾。

"嘿，不知道它准备干什么坏事。"

一股大力猛地向恒世的右脚袭来。

恒世提起右脚，蛇尾更用力地卷紧了他的脚。

"噢！"

恒世奋力抵住，脚下的木屐齿竟折断了两根。

真是力大无比呀！

"这家伙真了不得。"

大蛇力道越来越强，恒世拼尽全力抵抗，脸憋得通红。

他的脚慢慢陷入泥土中，竟达五六寸之深。

忽然——

感觉像绳子猛然绷断一般，缠在脚上的力道忽然消失了。

"原来是大蛇断了。"

刹那间，水中泛起大片的血花。

恒世把腿一拉，蛇尾哧溜一下浮了上来。一打量，蛇身的确从中间绷断了。

把缠绕的蛇尾解开，取来水清洗已经变得青紫的脚。洗过之后，大蛇缠绕的淤痕还是没有消失。

这时，逃走的小童领着仆从跑了过来。

"您不要紧吧？"

面对七嘴八舌的仆从，恒世轻描淡写地答道：

"没事。"

"拿酒来。"

一个仆人拿来酒，用烧酒清洗蛇尾紧缠恒世的右脚留下的淤痕。

"太厉害了。"

"这条蛇好大呀！"

侍从们望着恒世提起的蛇尾，不禁大声赞叹。

一估量蛇尾断裂处的粗细，足有一尺左右。

"把蛇头找来看看吧。"

让人到水潭对岸去搜寻，发现在一棵柳树的树干上，大蛇的蛇头缠绕了数圈，就那么毙命了。大蛇与恒世非同凡响的强大力量对抗，因为恒世的力量胜过大蛇的蛮力，蛇身从中间断成了两半。

关于这一趣事，《今昔物语集》有这样的描述：

"大蛇不知身之将断，犹自猛缠，心实异之。"

大家看了一阵子，决定试一试当时大蛇的力气究竟有多大。

与人相比，大蛇的力气到底相当于多少人的力气呢？

于是有人找来一条粗绳，把它紧绑在恒世的脚上，先让十个男子一齐拽。

"不对，不是这么丁点力气！"

恒世纹丝未动。

于是，加了三人，又加了五人，随后又加上十人来一起拽。

恒世还是不当一回事。

"还不够，不够，不是这样的力气。"

最后，让六十个人一齐试着拉绳子，恒世才点了点头：

"嗯，对了，差不多吧。"

由此推断，海恒世不是有百夫之力吗？

《今昔物语集》记载的就是这样一个故事。

海恒世的比赛对手真发成村，也留下了不少逸事。

据《今昔物语集》和《宇治拾遗物语》记载，真发成村既是常陆国人，也是陆奥国人。

他是相扑士真发为村的父亲，真发经则的祖父。

宫廷相扑大会举办的那段时间，就是各地的相扑士云集京城的时候。

宫廷相扑大会，是每年阴历七月举办的年度例行活动之一，由天皇亲自主持。

在大会前两天会举行小组赛。开幕当天是召合会（即左右对抗比赛），第二天是选拔赛和胜出赛。

这一盛事前后要花四天时间。相扑士们在大会开幕前一个月就抵达京城，分属左右近卫府，一直进行练习，直到活动开办的日子到来。

真发成村跟其他相扑士一同进京，在近卫府起居，等待比赛的那一天。

盛夏时节，每天都酷热难耐。

有一天——

"天这么热，还没练习就通身是汗，身体都要流干了。"

"我们去朱雀门一带乘乘凉吧。"有人这样提议。

于是，以真发成村为中心，数位相扑士结伴往朱雀门一带而去。

朱雀门位于南北走向的朱雀大路的北端，在京城的中心地带。楼门有七间五尺大小。

从左边的门柱数到右边的门柱，宽度约为十三米，有五扇大门。

整体的宽度相当于十九间和室，约三十五米，高度是七十尺，约二十一米，是一座两层的巨型重阁门楼。

城门下面，浓荫匝地。

朱雀大路宽达二十八丈，约八十四米，是极佳的通衢大道。

轻风拂过，他们在楼下浓荫里凉快了好一阵子，一伙人开始步行回住所。

他们从二条大路往东拐，到了美福门再往右折，顺着壬生大路向南走来。

右手边是大学寮。

一走动起来，又是暑气逼人，不觉大汗淋漓。

相扑士们身着礼服，但解开布扣，敞开了胸襟。这样，连戴黑漆礼帽的人也显得衣冠不整。

成村相当自律，衣衫仍是一丝不苟，不愧是相扑界的最手。

身躯庞大的相扑士们，如此这般形容不雅地招摇过市，确实有点不成体统。

当他们行至大学寮的东门前时，学生们正好也在东门下面乘凉。

相扑士们经过东门时，大家还在你一言我一语：

"哎呀，真热啊！"

"真难以忍受啊！"

面对嚷着"真热"陆续走过的相扑士们，学生们不客气了：

"太吵了。闭嘴吧。"

"别吵吵嚷嚷的，安静点！"

学生当中有人高声抗议。

"你们说什么？"

相扑士中，有人对此不满，站了出来。

如此一来，学生们纷纷来到壬生大路的中间，拦住了相扑士们的去路。

"别让这帮衣冠不整的家伙过去！"

这里的大学，是培养官吏的最高学府。如果不是出身官位较高的人家，是不可能入学的。这里的学生，用现在的话讲就是尖子中的尖子，所谓人中龙凤。

说这里是本朝最高首脑集团的基地也不为过。

他们跟腕力过人、体力充沛、凭体魄与能力一步步往上攀的相扑士，正好形成鲜明的对照。

"胡说什么？"

"你们想闹事吗？"

在炎炎烈日下，双方都盛气凌人，很快就剑拔弩张起来。

"把他们统统推到一边去。"

把强行堵在路上的学生们推开固然毫不费力，可是学生中身份尊贵者为数不少，在相扑大会前闹出事来反倒不美。

"算了算了。"

成村安抚着相扑士们，要往回走。

"想逃吗？"

他的身后响起了一声大喝。

回头一看，是一位年岁不大的学生，虽然个子不高，可穿戴的冠带及礼服比其他学生更为华贵。

刺人的眼神直射过来，睨视着成村等人。

"相扑士有什么了不起的本事。"

年轻的学生出言不逊。

相扑士们脸色陡变，火气更旺了。成村连忙挺身制止：

"大家都回去！"

他领着这一帮人，又回到了朱雀门。

可是，其他人却气愤难平：

"那些毛头小子，把他们打得屁滚尿流就痛快了！"

"凭什么要忍气吞声？"

相扑士们你一言我一语地对成村说。

"哦，大家安静一下！"

"他们给热天弄昏头了。"

成村安慰大家。

"就算他们是愣头青才毛里毛躁的，我们还是必须折回去。"

"是的，这一次折回让步，才是最关键的。"成村说。

"什么关键？"

"我们是折让过一回了。这样一来，如果下次再闹出事，我们就可以主动跟别人解释了。"

"下一次？"

"是的。今天我们绕道回去。明天我们还会走到朱雀门来，还会经过壬生大路。如果学生们还是出言不逊的话，那时再杀杀他们的风头不好吗？"

"噢，这太有趣了。"

相扑士们击掌称快。

"我最受不了那个斜眼瞧着成村大人的年轻学生。"

"是那个个子不高、面容清俊的小男孩吧。"

"是啊。"

"年轻气盛，什么都不放在眼里，大家都是这么一副德性吧。"

成村的表情，分明是回想起年少轻狂的时代。

"成村大人，你不是想跟那毛头小子结成同盟吧？"

"怎么会，不是那么回事。"

"我对那小子倒是有些兴趣。如果明天他们还是找麻烦，不妨试试看。"

成村挺直身子，轻松地说。

"试什么呢？"

"看看那小子到底有几成功力。"

"什么意思？"

"你也可以的呀！"

"我也……"

"你呢，等那帮人再找茬儿闹事，不要跟其他人对眼，就挑那小子做对手。真的这么试一次也无妨啊！"

"可以吗？"

"没关系，你就朝那小子的屁股端上一脚试试。"

"我懂了。"

点头的男子，是一位想晋升到相扑界的肋位、以力大无比自傲的相扑士。

在相扑界，最手是最高级别，其次就是肋，都是相当了不起的实力派人士。

到了第二天，跟前一天一样，相扑士们仍以成村为中心，朝朱雀门方向走去。

或许是听说了昨天的故事，好多人说着"我也去"、"我也去"，结果人数成倍增加了。

在朱雀门逗留了一阵子，一群人跟昨天一样，从美福门来到壬生大路，到这里一看，在东门前，比昨天成倍增加的学生们聚集在一起，远远望见成村他们走来，就把道路堵了个严严实实：

"太吵了，别吵了！"学生们叫道。

领头的，就是那位年轻的学生。

在大学寮的东门前，相扑士们跟学生们对峙着。

"好了，上吧！"成村用眼神示意。

那位自恃力大无比的相扑士迅速跑到那位年轻学生面前，抬起右脚朝他狠狠地踹过去。

年轻学生眼疾手快，一缩身躲开了那一脚。结果，猛扑上去的相扑士一脚踢空，就要跌个仰面朝天。

说时迟那时快，年轻的学生伸出右手，倏地抓住相扑士踢到半空的右脚，朝上轻轻一提，把相扑士的身体像掷棒子一样抡起来，当作武器朝相扑士们扫过来。

转眼间，好几个相扑士都被击倒在地。

"哎呀……"

"真顶不住了！"

有几位相扑士落荒而逃。

"想逃？"

年轻学生把相扑士的身体举起来，朝着夺路而奔的相扑士们扔过去，相扑士的身体飞过落荒而逃的相扑士们的头顶，在空中飞了大约两三丈远，跌到了他们面前的地上。

掷其所提相扑士，投至二三丈许远，令其倒卧于地，身殒骨碎，几无活气，不可再起。

《今昔物语集》这样记载。

跌落在地的相扑士骨头碎裂，怒睁着双眼，就这样身亡了。

真是非同常人的神力啊！

"好大的力气！"

成村吃惊地望着这一场面。他原以为这小子有两下子，却没想到他的功力如此深湛。

周围是相扑士们跟学生们群殴的混乱场面。

当然相扑士一方略占上风，可学生们到底数量多，人多势众。

如果当初就把年轻学生放倒，或许他们会畏缩一点，也不至于闹出太大的骚乱。可事到如今，与预期的效果已然背道而驰了。

当初实在太轻敌，以为意气用事的学生们连暑气都顶不住。相扑士们这次真的急眼了。如此一来，不仅有的相扑士会骨折耳裂，或许学生中也会有人毙命。

"喂！"

成村一边招呼身旁的相扑士们，一边把倒在地上的相扑士扛在肩上。

"先退后一步！"

他朝相扑士们吼道。

"你是领头的吧？"

这时，有人向成村挑衅，是刚才那位年轻学生。

"是你呀！"

成村跟那位学生对上阵了。

学生用不屑的眼神睥睨着成村。

"真可惜了！"

成村情不自禁地朝学生说。

"什么?！"

"这样好了，你别当学生了，来做相扑士吧。"

"你胡说什么？"

"你在这方面倒是挺合适的。"

"那我们试试看吧。"

"试什么？"

"我要试一下你到底有多大的劲力。如果你赢了我，我可以考虑你的建议。"

年轻学生说完，就用头顶了过来。

成村用前胸接住学生顶过来的头，顿时响起一声岩石相击般的闷响，成村所穿木屐的底板全部踩到了土里。学生还在用力紧逼，这时，成村的双脚连脚尖都哧哧地踩到土里了。

看样子，不认真对付是无法获胜的。

可是，如果在这里跟学生铆上劲对抗，自己的身体也不一定会纤毫无损。如果受伤的话，召合会时的比赛就麻烦了。

"喂！"成村朝学生大喊，"我们在此约定，宫廷相扑大会结束后的第二天，我们再继续比试吧。"

成村猛然发力把学生推开，拉开一定的距离，就飞快地撤离了。

"等等——"

那位学生居然紧追不舍。

成村朝朱雀门方向跑去，他跑到身旁的一道土墙边，翻上墙头。

踩在地上的右脚差一点就要翻过土墙时，竟让紧追而来的学生伸出右手紧紧攥住了。

"想逃？"

攥住的地方，正好是成村所穿木屐的鞋底板。木屐也好鞋板也罢，就像挨刀子削过一样，咻啦一声，连肉都被撕下了一块。

《今昔物语集》就是这样记载的。

哎呀，这是何等令人惊惧、力大无穷的勇士啊！

在土墙那边，成村抚摸着踵部滴血的右脚，不禁连连惊叹。

强忍着足部的伤痛，最终取得相扑大会桂冠之后，到第二天，成村如约来到原定的地方，等了整整一天，却连年轻学生的影子也没有见到。

那一天，成村平安地回到住所，之后就回归故里了。但他一直没有放弃寻找当时那位年轻学生。

在第二年的宫廷相扑大会时，他再次派人去寻找，学生的去向依然茫无所知，最终还是一无所获。

"哎呀，要是那个学生成了相扑士的话，大概会成为古今无人匹敌的最手吧。"成村时常这样感慨。

话又说回来——

这次让真发成村和海恒世一决胜负，藤原济时施加了很大的影响。

# 二

相扑自古就被奉为圣事流传下来。

可以想象这样一种场面：古时候，当贵人魂归瑶池时，身为相扑士的健儿们会举行精彩的比赛，作为敬献给亡者的安魂仪式。

从日本各地发掘的古墓遗迹中，出土了力士土俑，好像强烈地暗示了这一风俗。

据《日本书纪》记载，垂仁天皇七年七月初七，当麻蹶速和野见宿祢一决高低，野见宿祢当场击伤当麻蹶速，取得了桂冠。人们普遍认为这就是宫廷相扑大会的肇始。

而相扑大会正式成为宫廷仪式，大约始于天平六年。在平安时代中期，它已经成为天皇必定出席观赏的宫中节庆活动之一，每年七月都举行这样一场盛会。

随着相扑大会成为宫廷盛事，相扑越发强化了作为贵族娱乐活动的功能。大家在观战之际，还会摆上美食酒馔，比赛之后更会大摆华宴，以示庆贺。

各地的相扑士被召集至京城，分成左右两方，称为左右近卫府。每年七月，左方和右方的相扑士举行比赛，以决胜负。

左右两方的相扑士们，各有称为"方人"的啦啦队，也有称为"念人"的贵族支持他们。

在节庆日的头一天，要举行召合会，也就是左右方的胜负比赛，会举行十七场到二十场。

召合会后的第二天，从已经决出胜负的相扑士中选拔优胜者再继续比试。这就是名为选拔赛的比赛。

在举行相扑大会的当天，首先要由阴阳师率领相扑士诵唱咒语，敬酒祭天。

阴阳师手持笏板，劝请龙树菩萨、伏羲、玉女诸神，唱诵天门咒、地户咒、玉女咒、刀禁咒、四纵五横咒，并恳请遁甲中的九大星宿护佑。阴阳师缓行禹步，唱敬酒咒。接下来，乐所的大夫们率领众乐师鼓乐齐鸣地参与进来。

仪式结束后，天皇就会亲临，比赛正式开始。

相扑士们在犊鼻裈上佩戴腰饰，身披便袍，头顶黑漆礼帽，光着双脚，英姿飒爽地登场亮相。

在进行比赛时，他们会脱去便袍，取下礼帽，置于蒲团之上，然后开始进行相扑。

当时还没有土坛。

藤原济时位于海恒世所在的右方，是右近卫府的大头领。

这位藤原济时十分偏爱海恒世。

"您意下如何？在本年度的相扑大会上，如果让海恒世跟真发成村在选拔赛中成了对手——"济时向天皇建议道。

"你提出这样的问题，还是头一遭吧？"天皇略带不解地望着济时。

"不是。左最手和右最手进行较量，这并不算头一回。"

"我知道。我说的不是那回事。我说的是海恒世跟真发成村对阵，还是头一次。"

"是头一次才有看头啊！"

"可是考虑一下两人的年岁——"

海恒世才刚三十岁，而真发成村马上就是奔五十的老人了。年龄相差有二十岁之多。

在村上天皇时，成村已经开始相扑生涯，而恒世到村上天皇时代的末期才开始成为相扑士。这两位高手，不知何故此前一次都没有交过手。

在开始阶段，两人没有进行过对阵不是偶然，此前还从未让这两位最手进行过比赛。如果让他俩比赛，结果对现状有什么妨碍，反为不美。出于这一理由，两人直到现在还一次也没有比赛过。

但并不是未曾有人提出过让他们俩对阵的话题。其实，好几次曾有人提议让他们俩进行比试，可是考虑到两人的年龄差别，有关人士就设法避开了这种赛事。

不管怎样分析，有一点是不容置疑的：这场比赛一定会对年轻的海恒世有利，而真发成村处于不利的位置。

"你以前不是特别照顾真发成村吗？"

天皇所言，是不容置疑的事实。

在几年前，藤原济时一直偏爱成村。不过最近几年，他转而支持海恒世了。

"事到如今，也不必再让成村蒙羞吧。"天皇说。

"您似乎认为成村输定了，但也未必如此。"

"哦？"

"虽然真发成村年老体衰，可他力大如神，恐怕海恒世还敌不过他呢。"

"嗯。"

"谈起体格，成村比恒世还粗壮些。恒世的确年纪轻，有优势。

不过，这样的较量，经验老到的成村或许技术上略胜一筹。"

"有道理。"

"左最手成村跟右最手恒世进行比赛，圣上难道不想看看吗？"

"当然想看啦。"

"如此说来，这岂不是一桩美事吗？"

济时提高声音继续说：

"这两人一旦交手，就会成为众口相传的美事。若就此取消两人的比赛，连庶民百姓都会疑惑的。"

"好吧，就依你吧。"

济时就这样说服了天皇。

有关真发成村，《今昔物语集》中有这样的记述：

"体魄之伟，力气之大，无人望其项背。"

意思是说，他是伟丈夫，论膂力可谓天下无敌。

关于海恒世，《今昔物语集》中的记述是：

"势虽略逊于成村，然极擅长技艺。"

就是说，在体格上与成村相比，海恒世虽然稍微吃了点亏，可他擅长发挥，技艺超群。

让技术过人的恒世来挑战力大无穷的成村，便是这次相扑大会的看点。

不过，模式归模式，海恒世可不是位寻常的大力士啊。

前面已经介绍过一段有关大蛇的逸事，那条跟恒世比力气的大蛇竟然断成了两半。

这两个人的比赛，在宫中可谓议论纷纷。就像源博雅对安倍晴明说的那样，多数人认为海恒世会胜出。

不管谁胜出，也不管谁败阵，结果都会令人扼腕叹息。

"在胜负之间，为谁着想都极为可惜。"

宫中的人议论纷纷。

## 三

比赛地点在堀川院。

在天皇与众位大臣观看比赛的过程中，选拔赛一组接一组地决出胜负。轮到真发成村跟海恒世上场时，已是傍晚时分。

成村跟恒世都脱下官袍便服，取下黑漆礼帽，只穿着犊鼻裈，相向而对。

成村脸色铁青，失去了血气。

恒世恰好相反，他气血上涌，脸膛通红。

左右两边各自的啦啦队定睛凝望着，成村跟恒世互相对视。

成村身强体壮，恒世身高略低一些，不过他筋骨强壮，丝毫不逊于成村。

两人斗志饱满，呈现出一触即发的态势。

两人的身体眼看就要碰到一起。

"请等一下！"

成村申请了"障"。

障，跟今天相扑时的"等待"类似。

在彼此搂抱前，由相扑士一方申请"障"，即可免除这一回合的比赛。

不过，相似归相似，"等待"跟"障"毕竟还是有区别的。"等待"

说到底只是把比赛往后拖而已，而"障"因场合而异，有时甚至连比赛本身都可以取消。

海恒世已是斗志旺盛，运足力气朝着真发成村扑了过来，眼看双方就要缠斗到一起，成村却提出了"障"。可是，既然一方已经申请"障"，就不能再接着较量了。

成村已是久经沙场的相扑士，年龄也比较大了。恒世心想，就这么硬拖着他一决高低也怪可怜的，于是就把抱到臂弯里的成村的身体放开了。

不过，眼下对抗起来，虽说成村上了年岁，但他的力气自然与之前较量过的相扑士不是同一级别，轻易获胜也是不可能的。必须留神，小心应付才是。

恒世再一次跟成村对峙起来。

再度运足气力，眼看着要比试了，成村又提出了"障"：

"请等一下！"

恒世再次松开手。接下来再度要交锋时，成村又提出了"障"。

如此反复六次。

过去是在提出"障"后就暂时中止比赛，这一回竟然反复达六次之多，明显是有意为之。

成村对恒世是如此诚惶诚恐。对此，观众们，甚至连天皇都流露出不满的情绪。

成村脸色铁青地瞪着恒世，在第七次交手的时候，竟然还是提出了"障"。

他带着哭腔大喊道：

"等一下，等一下，拜托了！"

可是，这次的申请没有被接纳，最终还是开始了决斗。

或许是眼看再也无路可退了吧，成村在对方威逼之下，板着脸吼着："哇呀呀——"

只有丢开一切了。他大吼一声，声音里饱含着激愤之气，站起来交手。

两人扭到了一起。

恒世右手夹着成村的脖子，左手插到他的肋下。

成村扯着恒世面前的犊鼻裈，提着侧裈，顺手劲扯到胸前，发狂似的缠斗起来，恒世直打趔趄。

成村哭号得像个孩子一般，一个劲地往前顶。

"你发疯了吗，成村大人！"恒世大叫。

成村置若罔闻般把恒世的身体扯到身边，用右脚从外面绊住对方的左脚。

恒世坚忍着，腰部朝后弯曲，眼看脊椎骨都要折断了，双脚都陷到了地下。

眼看着成村就要取胜时，"嘿，嘿嘿！"恒世把成村的外绊绕成了内勾，泰山压顶般把身体压在对方身上。

咚的一声闷响，成村跌了个四脚朝天。但恒世的身体也出人意料地倒了下去。

"适逢其会者，睹此情形之上中下诸人，莫不大惊失色。"
《今昔物语集》这样记载。

成村输了，恒世获胜。

当时，胜出一方的啦啦队，通常会对输家做出拍手大笑的举动；可这时，别说开怀大笑，就连拍手的也没有。

座位相邻的人都压低嗓音议论起来。

本来预定还有别的比赛，可就在对这一轮的较量争议不休时，金乌西坠，暮色已临。

因泰山压顶一招败下阵来的成村，站起身回到相扑棚，把官袍便服穿在身上，当天就回常陆国去了。

自那以后，成村还在世间活了十多年。

"奇耻大辱啊！"他常把这话挂在嘴边。

直到去世，他再也没有到过京城。

而获胜的恒世，竟然站不起来，就那么一直歪倒在地上，最后还是右方的相扑助手们把他搀起来，像架着他似的把他搬到弓场殿，让他平躺下来。

右方头领藤原济时，从紫宸殿上走过来，朝躺着没法动的恒世慰问道：

"不要紧吧？"

"济时大人——"

恒世用手强撑着，好不容易才抬起身子。

"成村怎么样？"济时问。

"真不愧是出色的最手！"恒世就回答了这么一句。

济时把穿在身上的内衬袍脱了下来。

"以此略表褒奖之意吧。"

说着，济时把衬袍赠予恒世。恒世却无力把它齐齐整整地披到身上。

取胜是取胜了，可恒世折断了好几根胸骨。

据相扑士猜测，是成村顶着恒世胸部强行往身边拉时折断的。

"哎呀，虽然没有胜出，可成村大人的力气确实了不得！"

"恒世大人实在是技艺超群，胸骨给弄断了几根居然还压倒了成村大人！"

"成村跟恒世一样，都是真正了不起的最手！"

宫里热闹，宫外亦然，好长一段时间，两个人成为街谈巷议的热门话题。在这场决斗之后，由于受了极重的内伤，海恒世不久就在播磨国撒手人寰。

# 鬼之笛

## 一

在此，想详细谈谈源博雅这位皇孙贵胄的来历。

或许会出现已经在别的场合描写过的情节，不过，跟晴明一样，在这里对这个人物作一番郑重其事的介绍是十分必要的，所以还是不避繁冗，多说几句。

源博雅是六十代醍醐天皇的孙子，其父是克明亲王，其母是藤原时平的女儿。

敦实亲王（式部卿宫），是博雅的祖父（醍醐天皇）的胞弟，敦实亲王的妻室和博雅的母亲是亲姐妹，因此，早已在这个故事里登场的广泽的宽朝僧正，也即敦实亲王的儿子，实际上和博雅是表兄弟。

博雅是正统的皇室成员，天延二年叙从三位。

他是一位像呼吸着空气一般，呼吸着高贵血统的优雅风尚的显赫人物。

博雅是一位雅乐家。

"万事皆志趣高洁，尤精于管弦之道。"

《今昔物语集》便是这样描述的。

"博雅三位者，管弦之仙也。"

这是《续教训抄》中的记述。

他会尽极精妙地弹奏琵琶，还能演奏龙笛、筚篥等，还会填词作曲。

名曲《长庆子》流传至今，在舞会结束时，会盛大地演奏这首送宾曲。曲中或多或少夹杂着南音的特色，即使现代人来品赏聆听，仍然是典雅而纤细的名曲。

可以说，像源博雅一样为上苍垂爱的人，真可谓凤毛麟角。

根据前面提及的《续教训抄》记述，博雅降生时，天上鸣响起祝福他诞生的祥瑞喜乐。

书中还记载着这样一个传说。

在东山住着一位名叫圣心的上人。当时，圣心上人忽然听到美妙绝伦的乐音。

仔细辨听，有二笛，二笙，一筝，一琵琶，一鼓。

这些乐器组合，演奏出精妙的乐曲。

那是"此曲只应天上有，人间哪得几回闻"的美妙旋律。

"啊。"圣心上人满怀虔敬地抬头仰望青天。

西边天幕上飘荡着五色祥云，乐曲正是从那个方向飘过来的。

"哎呀，奇妙吉祥啊。"

圣心上人循着仙曲响起的方向步行，来到一座高贵的府第门前，原来正好是一个婴儿降生的时辰。

在婴儿出生的同时，仙乐曲终，五彩祥云也飘然而去。

当时出生的那个婴儿，就是源博雅。

在天上飘起的乐曲相伴下降生于世的博雅，极富音乐才华，这一点实在不由人不信服。

有这样一个脍炙人口的故事。

在逢坂关，有一位盲眼法师结庐而居。

他双字蝉丸，原本是式部卿宫手下的一名勤杂工。

他弹得一手好琵琶，更善奏大唐传来的琵琶名曲《流泉》与《啄木》。据说，他在听式部卿宫弹奏时，耳濡目染之际，竟全部谙熟于心。

"哎呀，蝉丸法师弹奏的琵琶曲，实在是太想听上一次了。"

博雅老早就有这样的心愿，可总是没有机会。

后来，他派人向蝉丸法师致意：

"为什么你栖居在那种地方呢？来京城居住岂不更好？"

蝉丸闻言，以歌词作答：

　　世上走一遭，
　　宫蒿何须分。

意思是说，在这红尘间，无论住在哪里，都没什么差别。住在华美的宫殿里，跟住在简陋的蓬荜间，其实是一样的。

听到这样的回答，博雅不由赞叹：

"真是高洁之士啊！"

博雅于是更加感佩，日思夜想着与这位法师会面。

"实在想与他会面，亲聆琵琶妙音！"

眼下还能演奏名曲《流泉》与《啄木》的，世间怕只有蝉丸法师一人了。

"如果蝉丸法师离世而去的话，这两支名曲就会从此失传。即便是自己，肉身不也一样无常，不知何时化为烟尘吗？"

如此想来，博雅更是如坐针毡，思慕之情更加无法抑制。

于是，博雅决定亲至逢坂关，前往蝉丸法师处拜晤。

就像去约会思慕已久的心上人似的，这位美貌丰姿的男子，在一个晚上，只身前往陂陀起伏的逢坂关下。

可是，如果见到盲眼法师，像这样直言相告是不妥的：

"请务必为我演奏名曲《流泉》与《啄木》。"

细心的博雅在小庵中潜下身来，耐心等待着蝉丸自然而然地弹起琵琶。

可是，仅仅一个晚上，这位法师是不可能那么凑巧演奏《流泉》与《啄木》的。

博雅每晚都来到法师庵前，潜下身来，心中企盼着：

"今晚会弹吧，今晚会弹吧！"

或许会在下一个瞬间抚曲吧。他心潮起伏地等候着。

在一个月朗星稀的良夜，博雅想：

"虽然眼睛无法看见，可是如此清宵，蝉丸法师应该弹起《流泉》与《啄木》吧！"

博雅越来越焦急，却总不见蝉丸弹上一曲。

如此寒来暑往，不觉已是三年。

一个八月十五的晚上，明月朦胧挂在天际，秋风轻爽地吹拂着。

"今晚应该有兴致了吧。逢坂关的盲法师，你会在今晚弹起《流泉》吧……"

博雅满怀期盼地等待着。

只见蝉丸端坐在檐下的蒲团上，抱起琵琶拨弄了几下，脸上现出深深沉浸在追思怀想中的神情。

他边捻挑着弦子，边咏诵道：


逢坂关上风势急，

长夜漫漫莫奈何。


意思是说，吹过逢坂关的山风一阵紧似一阵，令人难以成眠，就这样宿夜听风吧，盲眼的我一直枯坐着，直到天明。

闻此，博雅的眼里不由热泪滚涌。

接着，琵琶仿佛自鸣自咏一般回荡起来，正是声名远播的《流泉》与《啄木》。

关于这两首名曲，古书《教训抄》是这样记载的：


胡渭州最良秘曲，曲调之《流泉》、《啄木》。飘过梁王之雪苑，荡于浩渺之月楼。栖栖渺渺乎风香调之妙律，心不能攀，言岂可及。于彼南海，轩敞黄门，架具一面琵琶，泛生万顷波涛。此中实有万千气象。风香调中，含花之馥郁气；流泉曲间，浮月之清皎辉。


博雅已经泪雨滂沱。

仔细一打量，在清莹的月辉中，蝉丸也是颊面尽湿，盲眼里滚下热泪。

他抚琴浩叹：

"悲乎，良夜有佳兴。若非有我，世岂有雅士。今夜若得知音来，定当开怀一叙！"

唉，这是何等美好的月夜！可是理解此间风流、个中雅致者，舍我而外，世间还有何人！倘若有人精晓管弦之道，心有所契，最好就在这样的夜晚前来一晤。我当痛快淋漓地一展心曲！

听了这话，博雅抑制不住心头的热浪。

知音难求，解此风流者就是我呀！

他多么想走到蝉丸法师跟前。可是，如果冒失地站出来，暗中潜入庭院的事就不打自招了。

这该如何是好呢？

权衡再三后，这个平安朝的俊客雅士，冲动难抑，心潮难平，他眼噙热泪，站起身来。

"法师，有王城中名博雅者在此聆听多时！"

这位纯真可爱、极为敏感的男子，当时肯定脸颊通红，呼吸急促，仿佛未涉世故的少年般吐露衷曲。感觉就好像是从朱雀门上跳下来似的。

你所说的知音，远在天边，近在眼前啊。博雅这样说。

"如此雅言者，是何方高士？"

蝉丸一问，博雅便讲述了此前的经过。

"如此说来，您光临小庵已达三年之久啦。"

"所幸的是，今夜良辰，得以闻赏《流泉》、《啄木》，喜悦之情，莫过于此。"

"博雅大人，请上坐！"

就这样，博雅跟蝉丸正坐于蒲团上，在朦胧的月色中，开怀畅叙，推心置腹。

当博雅问及《流泉》与《啄木》的技法时——

"已故的式部卿宫大人，这一段是这样弹奏的……"

蝉丸精心地弹奏着一段段曲子，简直是如梦幻一般神奇的时光。

古代故事中说，博雅靠口传学习秘曲，回家时已是破晓时分。

还有一段趣事，也是流传自古书《今昔物语集》的佳话。

是在村上天皇时期，有一把名为"玄象"的琵琶，是自大唐传来的琵琶名品，更是自古以来在皇家代代相传的宝物。

有一天，这把玄象琵琶忽然不见了。

村上天皇不由得仰天长叹：

"如此珍贵的传世之宝，想不到在我这一代竟丢失了！"

从此忧心如焚，卧床不起。

宫里议论纷纷。

"到底是谁偷走了呢？"

"偷是偷了，可玄象一看便知是琵琶之宝，是不可能久藏不露的。"

"圣上所担心的，是怕盗宝者把它损坏了。"

也有人这样猜测。

在为玄象的失窃痛心的人中，就有源博雅。

有一天晚上，博雅在清凉殿内值宿。

其他人都静静地睡下了，只有博雅一人辗转反侧，难以成眠。

整个心思挂念的是玄象，曾经亲手弹过一次的玄象。

"这种琵琶中的极品，难道会从世间消失吗？"

他在心中反复思量，叹息不已。

蓦地，隐约听到细微的琵琶声，不知何处传来。

难道是幻听吗？

他心生诧异，侧耳倾听，传到耳鼓的确实是琵琶声，而且音色听来相当熟悉。

这不是玄象吗？

他静下心来，仔细分辨聆听，正是玄象的音色。博雅是不会听偏听错的。

博雅颇感惊奇，便披上一袭宽长袍，穿上木屐，带上一个小童，来到皇宫外面。

在漆黑的夜色中侧耳辨听，琵琶的声音确实还能听到，似乎是从南方传过来的。

博雅从近卫府的侍卫房出门，循着声音前行，那声音听上去像是从朱雀门那边飘过来的。

可是，往南走到朱雀门一看，玄象之音是从更南的地方传来的。

"是谁大胆盗走玄象，登上物见楼，在那里偷偷地弹奏玄象呢？"

一面想着，一面来到物见楼再仔细听，发现声音还是从更南方飘过来的。

就这样，不断往南寻访，最后竟来到罗城门。

罗城门耸立在一片荒凄晦暗的夜色中。

站在罗城门门楼下抬头看，玄象之音是从城楼顶层飘来的。

小童一直劝博雅回去，到了这里，已经不敢再多说一句话了。

此刻，博雅全然忘记了小童的存在，侧耳聆听着玄象的倾诉。

这是何等美妙的音色呀！

琴音袅袅娜娜，如烟如丝，溶在黑暗里，绕过荒凉衰败的罗城门的城楼，御风而去。真是凄美得令人屏息。

玄象琵琶的良质固然重要，弹奏者的技艺也绝非泛泛，仿佛并非此世中人。是什么样的琵琶高手在炫奇斗巧？

此非世人所弹拨。定有鬼怪巧弄之。

细听琵琶的声音，一曲才终，另一曲又马上开始……

博雅听着出神入化的曲子。

过了一阵子，琵琶声终于停下。

"喂——"博雅从城门下朝上面喊道，"请问门楼上弹琵琶的是哪一位呀？"

可是没有回答。

博雅的头上，唯有浓浓的暗夜重重铺漫开来。

"那声音实为宫中失窃的琵琶名品玄象。圣上不胜悲恸，已卧病在床。不知您能否把玄象琵琶还回来？"

博雅开门见山地说。

一阵短暂的沉默后，门楼上垂下一根绳子，把琵琶系了下来。

博雅取下来一看，正是玄象。

之后，再怎么询问，门楼上也只有无声的静默。

经历一番周折，博雅终于取回玄象，把事情经过禀告天皇。

村上天皇十分高兴，惊叹不已。

"原来是鬼怪把它盗走了。"

此玄象如同有生命者。技巧差者弹之，怒而不鸣，若蒙尘垢，久未弹奏，亦怒而不鸣。其胆色如是。某次遇火灾，人不及取出，玄象竟自出于庭院之中。此等奇事，不胜枚举。众说纷纭，相传至今。

关于玄象琵琶，《今昔物语集》还保留着上述记载。

二

根据《续教训抄》记述，式部卿宫曾对源博雅怀有恶意。

这种恶意，大概就是恨，怨恨。

传说式部卿宫这位与博雅有血缘关系的亲王，曾对博雅恨之入骨。至于到底是什么样的怨恨，《续教训抄》没有记载。

式部卿宫曾下令"勇徒等数十人"刺杀博雅。由此看来，应该不是一般的怨结了。

一个夜晚，受式部卿宫指使的勇徒们，潜入博雅家中打算袭击他。令人吃惊的是，博雅竟然对此一无所知，毫无觉察。

不管怎么讲，如果仇恨到了欲置对方于死地的地步，作为受袭的一方，心里多少应有所察觉才是常理。可是从博雅当晚的情形来看，根本找不出他对式部卿宫的仇恨有一丝提防的痕迹。

欲刺杀博雅的男子们，夜阑更深时潜入博雅家里。此时，博雅还没有就寝，寝室西边还敞开着一扇格子拉门。

也就是说，他任格子拉门大开着，正忘情地远眺着黎明将近时分，挂在西边山峦峰顶的明月。

"多好的月色啊！"

可以想见，他陶然欲醉，当时还在这样自言自语，好像从未考虑过有人竟要加害于他这种俗事。

因为他毫无防备的姿态，勇徒们反倒畏缩不前了。

从博雅这种样子来看，式部卿宫对他的仇恨，可以想象并不是什么争抢官爵、美女之类的俗事。或许所谓的仇怨倒是跟两人都至为钟爱的音乐有关。涉及音乐的时候，博雅会不会狠狠地刺伤过式部卿宫的内心呢？

可是，博雅根本没有察觉自己曾经伤害过式部卿宫。不这样思考，无法理解当时博雅的神情。

先不管这些了，言归正传。

博雅望着明月，取出大筚篥，放到唇边。所谓筚篥，是古代一种传自中国的竹制管乐器。

博雅开始吹起来。

筚篥清澄如水的音色，在夜风中飘荡开来。

博雅是绝代的乐中高手。这音乐是博雅为月色心旌摇曳，尽心所感、尽心所思，率性地吹出的。

坐在卧榻边吹着筚篥，博雅眼里已是热泪盈眶。不仅吹奏者内心深为触动，聆听者的内心也不能不为之撼动。

勇徒们望着博雅，耳聆笛音，"不觉泪下"。《今昔物语集》这样记载。

连一帮剽悍之士都不知不觉感动得流下泪来。

这样一来，实在无法动手刺杀博雅了。

勇徒们回到式部卿宫那里，如实向他报告所闻所见的情形。

"我们怎么都无法下手啊。"

勇徒们将博雅的神情向式部卿宫一一叙述。式部卿宫也不禁泪流满面。

"同流热泪而捐弃怨怼。"《今昔物语集》这样记载。

"博雅啊！"

式部卿宫也不禁为之动容，打消了要置博雅于死地的想法。

这是一段内涵非常丰富的故事。

从这个故事即可推知，在式部卿宫心中所抱持的怨恨，的确是跟两个人的技艺、音乐有关联的。或许真有其事吧。

下一则"盗人入博雅三位家"是《古今著闻集》中记载的趣话。

有一次，官居三位的博雅府中有强盗闯了进来。

察觉之后，博雅慌忙躲到房间的木地板下面。

"哈哈，东西倒真是很丰富啊！"

强盗把室内劫掠一空，扬长而去。

强盗离开后，博雅从地板下爬出来一看，从家具到物品，几乎所有的东西都被劫掠一空。

只有一管筚篥，还留在橱柜顶上。

博雅取之在手，拿近唇边，开始吹起来。

已经出门的强盗，远远听到音乐声，真情难抑，忍不住又回到博雅家中，说道：

"适才闻筚篥之音，悲而可敬，恶心顿改。所盗之物悉数奉还。"

《古今著闻集》这样记载。

意思是说，他们被博雅的筚篥声所打动，将所掠之物全部予以退还。

这就是博雅所吹出的笛声的魔力。

据《江谈抄》记载，博雅只要吹起笛子，连宫殿屋顶的兽头瓦都会痴痴地跌落于地。

前面已经提过，博雅的笛子"叶二"，其实是从鬼卒那里得来的。

"叶二乃知名横笛也。号称朱雀门之鬼笛。"《江谈抄》是这样记述的。

其中的缘故，《十训抄》有更为详细的载述。

一个月明之夜，仿佛受着月光的诱使，博雅独自一人，身穿宽便袍来到户外。

在这样一个月色曼妙的夜晚，真想听凭心之所至，在月华下纵情吹笛。他随身携带一支笛子，信步在夜风中走着。

来到朱雀门前，他停下脚步，取笛贴近唇边。

清澄幽明的音色，在月光中荡漾开来。

博雅清远神奇的笛音，轻笼在月光下，在天地之间润洇开来。宛如天地将此前积留其间的月华，闪闪烁烁地浸漫到整个夜色中。

就在此时，不知何处，飘来另一缕笛音。

"啊！"

博雅认真聆听，是相当功力的好手吹出来的。

总觉得城楼上好像有谁站在那里，正在那边吹着笛子。

"其笛音妙绝，此世无伦……"

到底是什么人呢？仔细一看，楼上显出一个与博雅一样穿着便服的人影。

博雅执笛在手，贴近唇边，开始吹起来，与楼上传来的笛声彼此应和着。

仿佛自己的身体渐渐融入笛声中，与楼上飘来的笛音合为一体。对方显然不是尘寰中之物相。

博雅什么也没问。对方也什么都没有说。

无言相对，博雅整夜吹着笛子。

"如是，每月夜即往而会之，吹笛彻夜。"

就这样，每逢月出之夜，他就来到朱雀门，跟楼上的人影吹笛，合奏为乐。

博雅吹起笛子，楼上总有笛音与之呼应。

"见彼笛音绝佳，易而吹之，果世之所无者也。"

互换笛子吹起来，声音实在太动听了，美得难以言状。

"其后，每月明之时即往，相会而吹笛，然并不言及归还本笛事，遂终未相换。"

结果，这支笛子最终没有换回去，成了博雅的至爱。

后来，博雅逝世之后，天皇把此笛收入宫中，让当时擅长吹笛者吹这支笛子，结果，没人能用这支笛子吹出乐音来。

后来的后来，有一位名叫净藏的笛中高手出现了。

天皇让这位净藏吹博雅的横笛，居然吹出无比清越的声音。

天皇有感于此，慨叹道：

"闻此笛得之于朱雀门边，汝可至彼处吹之。"他这样吩咐净藏。

在一个月色明朗的夜晚，净藏来到朱雀门下，吹起了笛子，此时，从那边的城楼上传来赞叹声：

"此笛诚佳品也。"

声音十分洪亮。

净藏把这一情形禀告了天皇。

"难道它确实是鬼笛吗？"

据说，天皇当时是这样答复的：

"叶二此笛，天下第一笛也！"

笛管部分有两片笛叶，一片朱红，一片靛青，传说每天清晨都有露珠点缀，故得此雅名。

有关源博雅的逸事趣闻还有很多。

博雅还撰写过不少有关音乐的著作，如《长竹谱》、《新撰乐谱》等。

在这些卷帙浩繁的作品中，在一篇跋文里，博雅写下这样的文字：

> 余撰《万秋乐》，自序始至六帖毕，泪下不绝。生生世世勿论所在，余誓生为筝弹《万秋乐》之身。凡调中《盘涉调》殊胜，乐中《万秋乐》殊胜也。

关于《万秋乐》这一曲子，在他进行编撰的过程中，自演奏序章起，至第六帖演奏完毕，一直泪流不止。不管生于何世何代，不管出生在什么地方，他都祈望生而为执筝演奏《万秋乐》的乐人。

这段文字真称得上是一首感人肺腑的好曲子。并不是说，任何人闻之都会肝肠寸断、泪流不止，博雅传达的只是自己的意趣。

"至少我必定会泪流不止……"

不管他人怎样，至少在对晴明说出这样的话时，我们仿佛能听到博雅这样的表白。这是何等的感人啊。

或许，弹奏两次就哭上两次，弹上十次就泪流十次，哪怕弹上一百次也会上百次落泪，无一例外。

博雅就是这样一个多情的赤子。

当我们为源博雅这一人物心驰神往时,浮现在心中的,是"无为"这个词语。

无为——

比方说吧,当博雅出生时,天上奏起美妙的音乐,这自然不是博雅命令上天所为。在博雅诞生之际,天地自动奏起华美的乐章,表达祝贺之忱。

博雅吹起笛子,屋顶的兽头瓦落下来,博雅也并不是为了让兽头瓦落下来才吹起笛子的。

当博雅吹起筚篥,式部卿宫驱使的暴徒们放弃了刺杀的念头,也并不是博雅特意而为的。

盗窃者将所盗之物如数归还,博雅吹筚篥也并不是特意为此而预谋啊。

朱雀门之鬼,将博雅的笛子跟自己的笛子调换,也并非博雅执意于此。

博雅只不过是听任内心的召唤吹起笛子罢了。

闻此而情动于中,不过是鬼卒明心正意,天地有感于斯,甚至连无心之兽头瓦亦会跌落,精灵闻之雀跃罢了。

在将安倍晴明与源博雅这个人物进行比较时,或许这就是两人最大的差别吧。

天地的精灵,还有鬼魅们,因着晴明的意志而感应,而灵动。可是,在博雅出现的场合,鬼魅与天地的精灵是按照自身的意志而行动的。

而且,对于自身这一能力,博雅自己似乎从来没有一丝觉察,让人无法不生出好感。

甚至，我们都愿意去这样猜测：在人的内心深处，总会栖宿着某些不好的情感，比如嫉妒、怨恨、恶念等，而博雅终其一生，都不会在心中发现它们的存在。

或许，近乎愚痴的仁厚、忠诚，总是位于这个男子的生命中心。

源博雅这个人物独有的风姿行止，根源正在于此吧。

源博雅这人间罕有的宝物，推想起来，在他至哀至痛之际，总会毫不遮掩回避，而是径直表达伤感，一任泪雨滂沱。

没错，博雅其人是十分可爱的。

在男性修持得来的风韵情趣中，如果再加上源博雅这个人物独有的可爱，岂不是锦上添花吗？

三

月夜，堀川河边，一个法师模样的老人在行走。

月光将这位老法师的影子清晰地投射在地面上。看上去，他身上的衣物皱皱巴巴，脏兮兮的，到处都是破洞。与其说是衣服，不如说是沾满泥浆的褴褛，随意披挂在他的身上。

白发，白须。

白发像一蓬乱草缠在头上，满脸皱纹。只有眼睛炯炯有神，闪着光芒。

那是一位鸡皮鹤发、眼神锐利得可怕的老人。看不出他抱着什么目的在这一带闲逛。

他只是在缓缓地漫步。

忽然，老法师停住了脚步。

"哦嗬……"

笛子的声音飘了过来。

老法师抬起脸仰望上天，笛子的乐音在夜风中飘散。

好像从头顶上倾泻下来的月光，经过与夜色的接触，发酵了，静悄悄地发出一种无比纤细清亮的声音。

听起来，仿佛是从远处的什么地方传来的。

"真好听啊。"

老法师自言自语。

如果乐手是寻常之辈，在乐音传到这里的时候，声音会被风吹散，断断续续，直到在夜色中消失。

可是，即使听上去是那样淡淡的，细细的，笛子的声音一直没有断绝。

好像是谁在月光下吹着笛子。老法师受到笛声的吸引，又行走起来，随着他前行的脚步，笛子的声音越发清亮了。

再往前走一点，就到堀川小路了。笛子的声音仿佛是从堀川上游那边飘来的。

拐到堀川小路之前，老法师收住了脚步。他看到前方有个奇怪的东西。

一个身着柳枝图案和服的女人在行走。

奇怪的是，那个女子独自一人，而且没佩戴任何冠带，素面朝天地走着。

本来，柳枝图案的衣饰多在皇室宫廷中穿戴，不是乘上牛车的时候穿的，也不是夜色中独自一人在这种地方行走的女人会穿的。

看起来像是遭到歹人袭击、孤身一人逃了出来的样子，却不见她有丝毫的慌乱。

或许是发疯的女子在家人不知情时，逃出房子，在外面游荡吧。这么一想，情况倒好像有点相像。

不过，还有更奇怪的地方。

女子的身体被一种淡淡的微光笼罩着，身上似乎披着闪闪的细碎磷光。在夜色中静寂无声，身体行走时一点也不摇晃，步子像是漂在水面上，身子像漂浮般滑行。

她脸色惨白，在月光下看去，闪着幽蓝的光。

她的脸上，看不出任何表情。只有心中抱持着什么坚定的想法，人才会有这种无动于衷的表情吧。

"哦，这是——"

老法师蓦地若有所悟，口中嘟哝道：

"这不是生魂吗？"

老法师的唇角直往上吊起，露出了发黄的牙齿。

"真有趣呀。"

哧哧哧，老法师如顽童般笑了起来。

他开始紧跟在女人的生魂后面。

到底是从哪儿的肉身跑出了这么个生魂，在外面游荡呢？好像那生魂也受到了婉转低回的笛声的吸引呢。

往前走着，笛声越来越亮，无比寂寥地在夜色中回荡。

"这么好听的笛子，真是难得一闻啊。"

即使没有这个女人，认真听着笛声，也难免会失魂落魄的。

往前走着，对面可以看到堀川桥。

一打量，在桥边站着一个直衣长衫的男子，在吹着横笛。

男子沐浴在月光中，心无旁骛地吹着横笛。

## 四

源博雅把叶二放在唇边，吹起了笛子。

地点是在堀川桥边。

在相扑大会结束后，他又来到这里。

每天夜晚，他都站在桥边吹笛。

在这段时间，月亮变成一钩银镰，又慢慢变圆，快成满月了。

那个曾经跟他说过希望海恒世败阵的女子，他一直惦记在心上。

经过正常的比赛，海恒世胜出了。

可是，胜出的海恒世胸骨折断，如今连独自步行都不能遂意了。

比赛是获胜了，但在某种意义上，也可认为是恒世败北。这种传言已经传到那女子的耳边了吧。对此，那个女子是怎么看的呢？

他有些后悔当时没有满足女人的愿望，不过，即使她再次拜托同样的事，也还是难以听命吧。

"真的是一支好笛子呀。"

离别之际，女子对博雅说过的话，仍萦绕在耳边，无数次地响起。

博雅一直回忆着、惦念着。

如果能再次听到那种声音，如果那朱唇能用那吹气如兰的清音再次说出"真是好笛子"的话，自己会无数次走到桥边吹起笛子的。

就在此时，博雅看见对面有一个闪着淡淡青光的人影。

那人影不是正慢慢地朝着这边靠近吗？

会是她吗？

博雅的心剧烈地跳动起来。

女子披着像薄雾般发着青白微光的单薄羽衣。

就像发着磷光、在黑暗的海底栖息的海鱼一般，她身披朦胧的光泽，一步步走近了。

可是，为什么没有乘坐牛车，而是独自一人徒步走过来了呢。

不一会儿，女子来到博雅跟前，站住了。

包裹着淡淡光泽的女子，注视着博雅。

博雅忽然发现，女子根本没有肉身。

透过女人的面靥，可以看见对面柳树的枝条。

不过，确实是那个女子。

十二年前初次相逢的那个女子，如今再次相会了。

可是，女子的身影到底是怎么一回事呢？

一个想法盘旋在博雅的脑海里，一个可怕的念头一阵冷风般掠过博雅的后背。

那个近乎透明的身体是……难道是鬼魂？

女子用难以形容的眼神凝望着博雅。她的嘴唇好像是绝望地压抑着什么。

"您难道不是世间之人吗？"博雅问。

女子的嘴唇终于动了起来。

"博雅大人——"

是悲痛欲绝的声音。

"您的身影，到底是怎么回事？"

女子没有答复，她用求救的眼神紧盯着博雅。

"博雅大人——"

声音纤弱得像空穴的风。

"帮帮我吧。"

她那像是从遥远的地方眺望过来的眼神，凝视着博雅。

"到底发生了什么事？怎么帮您都行，可我到底要怎样做呢？"

"到底要请您干些什么，我自己也搞不明白……"

细若游丝的声音，夹着青绿色的火焰，从女子的朱唇里零零落落地吐露出来。

"拜托您了。请帮帮我吧，如果这样下去，这样下去的话……"

每次说话，女子的嘴里都会喷出青绿色的火焰。

"这样下去……到底是什么意思啊？要我做什么才好呢？"

面对博雅的提问，女子只是一脸的凄惨哀怨。

"帮帮我吧，博雅大人——"

女子用绝望的声音说着。就在博雅前面，她的身影变得缥缈起来，终于融化到大气中一般消失了。

女子刚刚站过的空地上，唯有淡青色的月光无声地照耀。

## 丑时之谒

### 一

　　日复一日恋转深，
　　日复一日恋转浓，
　　参谒贵船之神宫。

女子独自一人匆匆行走着。

是在夜晚的山路上。

一身素白如雪的装束。

而且，赤着双脚。

道路两边是广袤深远的森林，连月光都照不进去。偶尔漏进一束光，或者两束光。幽蓝的月光照到的地方，些微光亮反而加深了夜晚的黑暗。

莲香树、橡树、杉树、扁柏，这些参天古木扭曲着树身。

道路上，四处裸露着岩石和树根，女人雪白得凄厉的赤脚踩了过去。

有些岩石上长着绿苔，有些树根湿漉漉的，容易滑倒。

有时候，她绊倒了，有时踩在尖利的石头上，脚和脚趾都渗出血来。

女人凝视着前方的黑暗，好像在沉思什么。一种比所看到的黑暗还要深沉的黑暗，在她的眸子中沉淀。

在这样的更深夜静时分，在这样阴森森的树林中行走，女人好像一点也感觉不到恐惧。

长长的头发蓬乱地散开来，披在冒着细细香汗的脸颊上。

令人生畏的是，女人嘴中衔着一根五寸长的钉子。

用嘴唇吗？根本不是。女人用牙齿咬着那根五寸的钉子，把它叼在口中。

每次迈出脚步，女人的衣袂边就会露出雪白的小腿。衣袖处隐约可见两只发白的手臂。

女人雪白的肤色仿佛远离人间烟火，就像从未晒过阳光。

她左手拿着一个木做的偶人，右手握着一把铁锤，在黑夜的森林中，像幽魂一样行走。


从来不识人伪善，
从来不悔初相识，
只因两心情意真。

女人沿着山路朝贵船神社走去。

贵船神社位于京城西北的崇山中。祭祀的神灵是高龗神与暗龗神。他们都是水神。

高龗神和暗龗神的"龙"用的是"龗"字，即"龙神"。高龗神的"高"指山岭，暗龗神的"暗"指幽谷。

传说在远古，伊奘诺神用十拳剑将迦具土神的头颅斩落时，剑尖滴下的鲜血从指缝沥出，于是诞生了这两位神灵。

据庙志记载，祭神除这两位神祇外，还有罔象女神、国常立神、玉依姬，以及天神七代地神五代，即地主神。

传说，祈祷时会降下甘霖，许愿时会停止下雨。

庙志中还写道：

"为稳定国家、守护万民，于太古之'丑年丑月丑日丑时'，从天而降至贵船山中之镜岩。"

女人朝着贵船神社走去。

道路两旁杂草丛生，湮没了山路，凤尾草盖满了地面。

这是一条幽暗阴森的山间小路。

平日祭祀水神的道路延伸着，大气沉重地饱含湿气。

女人身穿的白衣也吸收了水汽，变得凝重起来。

女人行走着，蓝色的月光偶尔投射到她的肩膀和头发上，看上去像鬼火一般。

　　此生诚无奈，
　　做鬼雪此恨。
　　寄望贵船宫，

心焦匆匆行。


"啊，我怨你。"
"啊，我恨你。"
女人边往前走，边絮絮不休。


此身如躯壳，
蓬蒿深处行。
市原郊露重，
夜深鞍马山。
过桥无多路，
贵船在眼前。


行至神社门口，女人站住了。

对面，有一个男人站在那里，女人把手中拿着的偶人藏在袖中，把衔在嘴里的钉子吐到左手中。

她右手依然拿着铁锤，打量着男子。

仔细一看，男子身上穿着白色的干绸布衣，看打扮仿佛是贵船神社的人。

"喂——"

男人向女人招呼。

"有什么事……"

女人用细细的声音回应。

"昨天我做了一个不可思议的梦。"

"梦？"

"是的。"

男子点点头，一步两步朝女子走近，停住了脚。

"梦中飞来两尊巨大的龙神。龙神告诉我，明天晚上丑时有一个你这样打扮的女人，从京城来到庙中，让我把下面的话传给你。"

"什么话？"

"说是听到了你的愿望。"

"哦！"

女人的唇角微微吊起。

"让她身披红衣，面涂丹砂，头戴铁圈，在其三足点起烛火，再加上盛怒之心，即可成鬼。"

男子话音未落，女人的嘴角抽起，夜色中，雪白的牙齿清晰可见。

"真高兴啊。"

她满意地大笑起来，脸色更加令人悚然。

　　　　心诚得所愿，
　　　　气息已改变。
　　　　亭亭好女子，
　　　　怒发指向天。
　　　　怨恨化厉鬼，
　　　　情债终须还。

"哈，哈，哈。"

女人高声狂笑，左右拂摆着长长的头发。

女人的双眸闪闪发亮，披离的黑发朝空竖立，变成了鬼的模样。

男子惊恐万状，"啊"的一声，大声尖叫起来。

此时，女子像癫狂一般手舞足蹈起来，沿着夜间的山路，向着京城方向快速跑去。

二

不知不觉，夏天过去了。

草丛间啁啾鸣叫的已是秋天的蛩虫。

夏草已经完全埋没在秋草中，看上去快要消失了。

芦荻在柔爽的秋风中摇摆，黄花龙芽和桔梗旁枝上盛开着花朵。

越过屋檐仰望晴空，白色的云在高远的空中飘来浮去。

午后。

晴明和博雅坐在外廊地板上，把酒清谈。

这是来自西域的酒肴。

用葡萄做的美酒颜色酡红，盛在两只琉璃杯中，看上去很是美艳。

持杯在手，不时把酒入口，博雅叹息起来。一副欲言又止的样子。

前来晴明宅邸走访的博雅，坐在外廊内饮酒，没有说什么，只是望着秋天的庭院叹息不已。

晴明支起一条腿，背靠着廊柱，平静地望着博雅。

"喂，晴明——"

"什么事，博雅？"

晴明移动的只是视线而已。

"为什么世间万物都要这样不停地变化更新呢？"

伴随着叹息，博雅喃喃道。

"到底是什么事？"

"看看吧，这个庭院——"

"……"

"不久前还和你一起看过的花呀，草啊，今天大多已难再见到，不是吗？"

蓝色的花，如鸭跖草。

红色的花，如绣线菊。

那些花朵已不见行踪，连萤火虫的影子也不存在了。

偶尔有伯劳鸟在高空中尖叫一声，转瞬间就不知飞到哪里去了。

空气中，秋天的气息已凛凛充溢，夏天的形迹已隐匿不见了。

"人心也是这样变迁的吧。"

"是啊。"

晴明静静地点点头。

"喂，晴明，关于怎样了解人心，有什么好办法吗？"

"人心吗？"

晴明嘴边含着温柔的笑意，不是微笑，也不是苦笑。

"博雅，看一看水的形态怎么样？"

"水的形态？"

"水入圆形之器则为圆形，入方形之器则成方形。自天而降则为雨，积汇起来则成河川。可是水无论在哪儿，变成什么模样，其本质是从未变化的。"

"……"

"水因时而异，亦因所在地点的不同而改变着形态。水是没有固定形态的。是否有办法对此加以命名，博雅，你问的是这个问题吗？"

"不是，晴明，我问的不是水，我问的是人心。"

"博雅，如果想知道那位女子的心迹，我是无能为力的。"

博雅把在堀川桥遇到的事，以及有关女子生魂的事，一一告知。

从那以后，倏忽之间，两个月的光阴过去了。

自女人身影消失的那天晚上起，博雅连着几个晚上前往堀川桥，却再也没有见到那位女子，或是她的生魂。

"到底发生了什么事呢，晴明？"

那女子的声音一直萦绕在博雅的耳边。

"帮帮我吧，博雅大人——"

令人窒息的急促女声，喊着自己的名字，希望自己出手相助。

"每念及此，我的心中就会痛苦无比啊！"博雅说。

"对她的求助，我竟然一筹莫展、无能为力，真是惭愧啊。"

博雅抓住琉璃酒杯的杯脚，拿到嘴边，又停了下来，搁在廊沿上。

"话题呢，就是她，对吧，博雅？"晴明问。

"话题？"

"你不是有什么事要告诉我吗？"

"是啊，晴明，我有事要告诉你。不过，不是关于她的事情，而是别的事。"

"别的事？"

"嗯。"

"什么事？"

"其实是藤原济时大人的事。"

"是相扑大会时，支持海恒世一方的济时大人吧。"

"最近济时大人情况不妙。"

"什么情况？"

"他请医师来调药，一直都不见效。济时大人甚至想到，是不是有哪位心怀怨恨的人对自己下了咒……"

"噢。"

晴明仿佛来了兴致，把身子往前探。

"那么，到底是怎样的情形呢？"

"到了晚上，头痛，胸口也痛，听说痛得好像钉了铁钉子似的。有时手臂和脚上也会有那种疼痛感袭来。"

"哦。"

"这些日子，济时大人几乎水米不沾，身子日渐消瘦，听说整天都躺在卧榻上。"

"那么，到什么程度了？"

"什么程度？"

"我是问，从什么时候开始的？"

"哦，好像有四五十天了。"

"是吗？"

"说是最近这十来天，疼痛加剧了。"

"每天晚上，总在同样的时辰发痛吗？"

"开始大概是在丑时会感觉疼痛，可最近不仅是丑时，一整天都连续疼痛，到了晚上就会更厉害。"

"呵呵。"

"这样一来，济时大人就来我这里商量，他知道我跟你关系不一般，所以希望我务必和你秘密地商量一下。"

"济时大人有没有想起些什么？"

"想起？"

"我的意思是说，他是不是想起招过谁的痛恨。"

"哦，我也问过同样的话，他说没想起这样的事。"

"原来如此。既然他本人这样说，今天应该会有这样的结果。"

"等一等，晴明，你的意思是，济时大人肯定招致了谁的怨恨。"

"我没说到这一步。还有呢？"

"还有什么？"

"博雅，我的话暂且放到后面，先把你的意思讲出来听听。"

"哦，这个故事还有一段前奏。"

"说说看——"

"其实，情况不妙的不只是济时大人。"

"还有别人？"

"事实上，在济时大人身边，还有一位暗中通情的女人，那个女人，听说身体也怪事不断。"博雅说。

"是怎样的女人？"晴明问。

"我也向济时大人打听过，他连名字都没有讲出来。"

"那么，那个女人是怎样的情形呢？"

"身体发生异常，好像是跟济时大人同时开始的。"

"怎样异常？"

"头痛和胸口痛跟济时大人是一样的，而且还有不同的地方。"

"不同的地方？"

晴明一问，博雅好像想起什么可怕的事情似的。

"就是她的脸。"他压低声音说。

"脸？"

"听说是跟头痛胸口痛同时开始的，那女人的脸上长出了包。"

"嗯。"

"起初是米粒大小的东西，在她脸上这里……"

博雅用右手的食指，指着自己的右颊。

"开始只有一粒红肿起来，听说特别痒。"

因为痒，就用指尖挠，那个红肿的包慢慢胀大起来。

在指尖抓过的脸颊上，肿块扩散开来，再轻挠此处，颗粒不断增加，每一颗都刺痒难熬，不由得又用手去抓挠。结果，红肿连成一片，变得越来越大了。

终于忍不住用指尖嘎吱嘎吱挠起来，皮肤挠破了，开始化脓。

"听说有半边脸成了紫茄色，肿烂了。"博雅压低嗓音说。

"嗯。"

"济时大人说，女子怕是一样，遭了谁的咒。"

"那么，要我做什么？"

"是呀，晴明，这是怎么一回事？"

"这是诅咒导致的结果。"

"真的吗？"

"既然是你提起的事，我不会置之不理的。"

"那你肯出手吗？"

"嗯。"

晴明点了点头。

"接下来，博雅，我要委托你办件事。"

"什么事？"

"你派一位办事麻利的人往贵船神社去一趟。"

"去贵船神社？"

"是的。"

"为什么？"

"以后再说明理由吧。"

"为什么？"

"因为这只是我一时的想法。如果猜对了，那时再把理由告诉你。"

"不对呢？"

"那就不说为佳。"

"喂喂，别装模作样，直截了当告诉我好不好？"

"你放心吧，可能不出我的意料。"

"岂有此理。"博雅执拗地说。

"他曾经照顾过你吗？"

"跟照顾不照顾没什么瓜葛，现在你告诉我就好了。"

"你就为我想想嘛，博雅。一旦失手，岂不是很狼狈吗？"

既然晴明这么说，博雅也只好放弃了。

"合适的人当然是有，不知叫人去干什么？"

"去找几个神社里的人问一下，这个把月来，是不是发生了什么奇怪的事，打听清楚就行了。"

"这就可以了？"

"嗯。"

晴明点点头，随即又说：

"不过，马上就过去问话，恐怕会难以保密。在与神社的人会面之前，不妨先进入神社周围的森林里，搜一下有没有什么东西吧。"

"搜东西？"

"是啊。"

"搜什么才好呢？"

"大体是这种——"

说着，晴明用双手画出大小不满一尺的东西。

"比如用木头做的偶人啦，用稻草做的偶人，或者是动物的尸骸什么的……"

"噢。"

博雅显出十分感兴趣的样子。

"要找的话，就到古树附近去找。"

"要是找不到什么呢？"

"那时，就照刚才说的那样，向神社里的人随便打听一下好了。"

"如果有什么收获呢？"

"别耽搁，马上来这里告诉我。"

"明白了。"

博雅点点头，忽然发现庭院的秋草中，倏地立起一个人影来。

仔细一看，是一个身着黑色干绸衣，矮矮胖胖、白发苍苍的老人。

他的背部已经弯成圆形，所以身子看来特别矮小。

"喂，喂，晴明——"

"放心吧，这是我的式神。"晴明说。

"刚才在门口，见到了蝉丸大人。"老人用慢吞吞的语调说着。

"噢，是蝉丸大人啊。"晴明说。

"他跟我说，源博雅大人在这里，所以想登门拜访。希望能让他见上一面。"老人这样说。

"见我？"

博雅直起身来。

"说是到博雅大人的府上去过了，打听到你来了土御门这边，所以，就赶到安倍晴明大人这里来了。"

"那就快点请他过来吧，吞天！"晴明说。

"好吧。"

老人把脖子往前伸长了一点，低头行礼。这位名为吞天的式神，分开芦荻花与桔梗花，身影消失在另一边。

"刚才的式神，我还是头一次见到吧。"博雅说。

"是吞天吗？"

"他的名字叫吞天啊。"

"是的。不过，不是头一次了。你应该是第二次见到他了。"

"在哪里？以前我的确没见过他。"

"没那回事。"

"真的吗？"

"真的。他特别擅长待人接物，所以我很珍惜他。"

"是吗。"

博雅点点头，喃喃道：

"可是，蝉丸大人为什么要赶到这里来呢？"

"那最好问你自己吧，博雅。"

晴明正说着，从过廊那边的拐角处，蝉丸在吞天的陪伴下出现了。

他背着琵琶，右手把杖头交给吞天牵着，走了过来。

他的左手里抱着一个用布包裹着的东西。

哦，那东西好像是琵琶的样子啊。

"久违了。博雅大人，晴明大人！"

然后，他诚恳地低头致意。

"蝉丸大人还是那么清健啊。"

晴明和博雅与蝉丸寒暄着，吞天沿着外廊下到庭院里，在杂草丛中消失了。

侧耳分辨着那消失的足音，蝉丸说：

"晴明大人，方才那位不是此世之人吧。"

"是的，是我使用的式神。"

"那是——"博雅问。

"从广泽的宽朝僧正那里得来的乌龟呀。"

"原来是那时的乌龟啊。"

博雅终于显出一副信服的神情，点了点头。

此时，蝉丸云淡风轻地说：

"忽然打扰你们，没有什么不便吧。"

"没关系。既然是蝉丸大人，随时来都是可以的。"晴明说。

"您找我有什么事吗？"博雅问。

"是的。我有件东西想给您看，到了府上才知道您不在家。听说您可能到这里来了，所以就赶来了。"

"想给我看什么？"博雅问。

"是这个——"

蝉丸把抱在臂弯中的东西放到外廊地板上。

博雅把它拿到手中。

"好像是琵琶吧。"

用不着解开布包，仅看形状就知道了。

"请鉴赏一下。"

博雅把包裹打开，果然，里面是一把琵琶。

"嚪！"

博雅高声惊叹，把它抱到手中。

"好漂亮啊！"

博雅连连赞叹。

那是一把式样优雅的极品琵琶。

琴槽是紫檀木，腹板是梧桐木。而且在腹板部分，用螺钿纹饰描画着美丽飘逸的凤凰与天女。

或许是才艺出众的名人描绘的吧，凤凰的身姿，眼看就要从腹板上飞起来似的。

可是，令人痛惜的是，竟有一处瑕疵，在腹板与琴槽相连的部分，有一大块龟裂的痕迹。那裂痕竟然延至凤凰欲飞的翅膀处。

"这是——"

看到伤痕，博雅一脸痛惜。

"是啊，腹板跟琴槽有大的损伤。这把琵琶初到我手中时，还有更大的裂痕。"

"什么?！"

博雅提高了嗓音。

"裂开的部分我请人修理了一下。修理完成后，想请博雅大人鉴赏一下，就赶了过来。"

"蝉丸大人，能否麻烦您从头开始，详细讲述事情原委？"博雅请求道。

"我讲得太急，失礼了。就从头讲起吧。"

蝉丸朝着晴明与博雅轻轻低头致意，开始讲起事情的经过。

"那是五六十天以前发生的事情。我那逢坂关下的草庵里，忽然有一位女施主前来造访。"

"哦。"博雅手抚琵琶，点了点头。

"在庵外，有声音叫我的名字。我出去以后，发现一位女施主，拿着琵琶站在外面。"

纵使目盲，听声音也知道是女人。蝉丸明白女人拿着琵琶站在那里，是因为她一见面就道出了原委。

"是蝉丸大人吧？"

面对迎出门来的蝉丸，女人这样问道。

"正是。您是……"

"因某种理由，不便说出名字。有一件东西，务必托付给您。所以冒昧上山，向您说明心愿。"

"您的愿望是……"

"我带来了一把琵琶。"

蝉丸感觉女子一步步走近。

"就是这个——"

蝉丸的手中，接到一个沉甸甸的东西。以手抚摸，确实是琵琶，可是这把琵琶怎么弄坏了呢？

腹板有一部分裂口很大，琴槽部分也有裂痕。

这么大的裂痕，自然不是从高处滚落下来，碰到山石等质地坚硬的东西造成的。

"怎么会弄成这样？"

蝉丸向女子发问。可是，女子没有作答。

"我想在此供养琵琶。"

"供养？"

"是的。这是先父先母临终前的纪念。蝉丸大人您是琵琶高手，又是一位声名清雅的法师，把它供养在这里，由您保管，就再适合不过了。"

"为什么要供养它？"

"虽然损坏了，可毕竟是先父先母一直放在手边的心爱之物，不忍舍弃，所以要把它供养起来。"女子说道。

蝉丸把琵琶拿在手中，确实感觉很好。触感相当和谐，如果不是弄坏了，便可即兴弹奏了。

是一把极品琵琶。

纵使目盲，也可用手指摸到琴槽和腹板，那里的材料怎样，蝉丸是一清二楚的。琴槽是紫檀木，腹板是梧桐木，而且腹板的表面，还雕镂着螺钿纹饰。

"是一只凤凰啊。"

蝉丸用指尖轻抚着螺钿的纹样，说道。

他用指尖嗵嗵地轻叩腹板。

像是用脸颊贴着腹板一般，蝉丸把耳朵凑近去，认真辨听着琴声。

"可惜呀！"

蝉丸的眼中，流出了惋惜的泪水。

"多么难得的琵琶啊，竟——"

"如果不是损坏了，定能发出不亚于玄象的音色。可惜啊，实在令人痛惜啊！"

他心痛万分地摇着头。

"能持有这种琵琶之宝，肯定有一段不平凡的经历吧。"

"抱歉，关于它的来历，恕我不能直言相告。人们都说，琵琶一旦成为极品，便有了灵魂。请多多关照，供养之事，有劳您了。"

不过，光是供养倒也无妨，难道就不能对它有所作为吗？蝉丸心里这样想。

要是能修理一下也好啊。

接着，女子说：

"这把琵琶，我就冒昧托付给您了。既然是托付给您，今后如何处置，一切听凭蝉丸大人的意思。"

女子说明这样的意思。

"请多多关照。"

感觉到她低头致意。

响起了衣裙的摩擦声，似乎女子已经转身离去。

"啊，如果——"

蝉丸还要发问，女子的足音已悄然远去。

"如果——"

蝉丸追问般说道。女子的气息已经远去，不久，衣袂摩擦的声音也消失了，最后，连隐约可闻的足音也消失了。

"竟然有这种事啊……"

听罢蝉丸的故事，博雅感慨起来。

"是啊。"

蝉丸深深地点了点头。

"我本来也想把它烧为灰烬，长埋地底，用这种方式进行供养。可又觉得这样做实在太可惜了，就去跟一位熟识的法师商量，让他暂时保管一下，就任它一副破败样子，留在那里了。"

"哦。"

"那位法师，三天前派人来，通知我去取琵琶。"

蝉丸到了那里，发现琵琶的裂口已经缝合，形状也恢复到原来的样子。

岂止形状恢复如初，就连声音也基本恢复了。

法师一边说着，把琵琶递给了蝉丸。

"就是这把琵琶吧。"博雅说。

蝉丸点点头。

"那么，您弹过吗？"

"还没有。好不容易修好了，我想和博雅大人一起弹奏，所以就出门了。"

"好啊，一起来。"博雅欣然说。

"我就先听为快吧。"晴明说。

"那我就诚心弹上一曲吧。"

蝉丸从博雅手中接过琵琶，抱在怀中。

他从怀里取出琴拨，问道：

"弹什么好呢？"

"细看起来，这把琵琶跟玄象一样，是从大唐传来的名品呢。"晴明说。

"是的，我也这样想。"蝉丸说。

"哦，如此说来，我们今天刚好喝的是来自西域、经过大唐辗转传来的葡萄美酒。若是用大唐传来的琵琶名品弹奏的话，那就弹一首大唐传来的琴曲，不是很好吗？"博雅提议。

"真是有情趣呀。"

蝉丸略有所思，侧着头说道：

"那就弹《流泉》吧。"

像是自言自语，蝉丸摆好琴架，准备好弹拨。

他按住琴轴，调着琴弦，划起弹拨。

弦子鸣响了。

弹拨好像拨在心弦上一样。

"啊！"

博雅情不自禁赞美出声。

一根弦子强力振动着，声音自这个世界产生，随即又消失了。

可是，即使弦音在大气中消失了，却一直在心中共鸣。

"太美妙了！"

博雅闭上眼睛，感觉升上了天宇，仿佛自己的肉体跟琴弦一同振颤起来。

接着，当拨子碰到琴弦时，声音就一点点固定下来。

调罢琴弦，蝉丸说：

"那就开始吧。"

他弹起琵琶秘曲《流泉》。

《流泉》是藤原贞敏在承和五年西渡唐朝，从那里带回的三首琵琶名曲之一。

后来传给式部卿宫，再接下来又传给蝉丸，如今博雅也会弹奏这首曲子了。

可是，和其他人相比，蝉丸弹奏的这首《流泉》，风格迥然不同。这种境界是谁也无法模仿的。

博雅当然也不是一般的演奏者，可是，跟蝉丸相比，两人弹出的曲子有着本质上的区别。当然，这并不意味着博雅的琴技逊于蝉丸。

蝉丸因为双目失明而对音色十分执着，自然非常人可比。

《流泉》曲调十分简朴，拨子的强弱缓急不同，表现力丰富多变，表演者的才艺就那样原原本本地体现在演奏的过程中。

每当拨弦时，蝉丸的《流泉》就带上了丰富而艳丽的色彩。

琵琶的声音袅袅娜娜，朝着秋天的旷野散逸开来。

在晴明家的庭院里，仿佛有清泉滚滚外溢、四下奔流一般。

博雅泪落如雨。

最后一拨划起，琴弦上声音振颤着，划成流光，那光芒一直沉浸在大气中，久久未散。好像是惋惜那道光似的，好一阵子，还是没有谁开口说话。

又过了一会儿，博雅终于开口道：

"太美妙了，语言实在难以形容。"

"如此高妙的琴曲，真是令人心折。"

晴明好像还在出神地玩味着那仍然飘荡在周围大气中的琴音余韵似的，叹道。

"恕我手拙了。"

弹完一曲，蝉丸好像完全耗尽心血似的，无力地低下了头。博雅的声音掩饰不住兴奋：

"以前我几次聆听过《流泉》，可还是初次听到这样的《流泉》啊。"

他的脸上还带着几许红潮。

"曲中的意韵，连着隐藏的音色，都一览无余，完全表现出来了。"

博雅感叹着。

"这是琵琶本身所拥有的力度啊！这把琵琶的音色实在太好了，在发出最初的声音时，下面的音就定好了，是琵琶自己要下面的音接上来，我不过是不断地弹出琵琶所要求的音色而已，其实，是琵琶让我弹出这曲《流泉》的。"

"因为是蝉丸大人，才有如此佳境啊。"

"博雅大人若有兴弹奏，也有同样的效果。"

"不会的，我弹奏时，终究过于艳丽。"

"弹奏得纤美，不是很好吗？"

"就《流泉》而言，并不是这样，《流泉》简直就是为蝉丸大人而谱啊。此曲隐含的深沉哀怨之色，经由蝉丸大人的弹奏，完全展现了出来。白氏在浔阳江面的船头所听到的琵琶曲，就是这样的妙曲吧。"

博雅所说的白氏就是唐代大诗人白乐天。博雅引证的是白乐天创作的长诗《琵琶行》。

那是在大唐元和十年，谪为九江郡司马的白乐天郁郁终日。有一天晚上，白乐天在浔阳江上为友人送别，忽然传来美妙的琵琶声。

有感于音调的美妙凄婉，他情不自禁地划船靠近，发现弹奏琵琶的是一个年老色衰的女子。

原来她是京城的教坊女子，十三岁就开始学习琵琶。


曲罢常教善才伏，

妆成每被秋娘妒。

五陵年少争缠头，

一曲红绡不知数。

她善弹琵琶，技艺令高手折服，浓妆淡抹之后的美丽总是招来名妓们的妒忌。

五陵的年轻公子们，总是送来好多褒奖的礼品，每弹一首曲子，所领到的红色绢绡实在不计其数。

暮去朝来颜色故，
门前冷落车马稀，
老大嫁作商人妇。

可是，岁月流逝，花容不再，马上配着鞍鞯的公子们不再来访，上了年岁之后只能嫁为人妇，成了商人的妻室，流落到这里。

这就是这位女子的遭际。

白乐天把这件事记述在长诗《琵琶行》中。

在他的盛情邀请下，女子弹起了琵琶。

幽咽泉流冰下难，
冰泉冷涩弦凝绝，
凝绝不通声暂歇。
别有幽愁暗恨生，
此时无声胜有声。

那声音就好像幽咽的泉水在寒冰下面迷失了方向一般。

寒冰下的泉水越来越冷，琴弦也好像给冻住了一般，停止了振颤。

此时，琵琶的声音停止了好一会儿。

在沉默之中，笼罩着深深的愁怨与悔恨。

曲终音绝时，比琵琶奏鸣时更加动人。

白乐天在诗中描绘出这种美妙的琴音。

博雅把蝉丸所弹奏的《流泉》比喻成当时白乐天所听到的水上琵琶声。

"这并不是因为我，完全是由于琵琶品质好啊。"

蝉丸总是非常谦逊。

"我真想再听一曲，可是又觉得会覆盖《流泉》的余韵，不免可惜。"博雅说。

"即便现在，这琵琶的声音仍然非常出色啊。不知琵琶损坏之前的音色又是怎样美妙呢。"晴明喃喃自语。

"是啊。世上确有如此的琵琶极品啊。"

蝉丸感慨地点点头。

"虽说有所损坏，可拥有这极品琵琶的主人，必定有相当不凡的经历呀。"

面对如此喟叹的博雅，蝉丸说：

"这把琵琶，我准备送给博雅大人。"

说着，蝉丸把琵琶放到博雅的膝盖上。

"给我？"

"为琵琶着想，这是最好的方式了。"

"可那位女子是要您替她供养这把琵琶啊。"

"比起我拥有它，博雅大人拥有这把琵琶，才是对它真正的供养啊。"

"可是——"

"这是有理由的。"

"理由？"

"刚才我说了很多关于这把琵琶的事，其实另有一件事，我还没有说出来。"

"是什么事呢？"

"我跟这把琵琶的女主人还就琵琶的修理谈过一些。"

蝉丸接着讲述当时的情形。

"如果这把琵琶修好，怎么处理为好呢？"蝉丸问。

"如果修好了？"

"您还会取走吗？"

女子陷入沉思一般，静静地摇摇头。

"万一这把琵琶修好了，那就——"

"怎样？"

"请留给源博雅大人吧。"

"给博雅大人？"

"是的。"

"交给他时要说什么呢？"

女子沉默了一阵子。

"请您转告，是堀川桥的女子送的。"

"我会转告，这就够了吗？"

"就说这些。"

女子细细的声音回答，蝉丸未及多问，女子开口道：

"请多加关照。"

说完，就像刚才说过的那样，转身离去了。

蝉丸把盲眼转向博雅。

"我要把琵琶留给博雅大人，确有上述的理由。"

可是，博雅没有回答。

好像神思恍惚一般，他抱着琵琶坐了下来。

"那个女子……"博雅低声喃喃着。

"那个女子，这把琵琶……"

"十二年前……"

在堀川桥畔听到的，就是这把琵琶的音色吗？

"哦——"

博雅好像完全忘记晴明与蝉丸在场似的，若有所思地凝视着远方。

# 铁圈

## 一

"哎呀，真奇怪，晴明——"博雅兴奋地开口了。

和昨天一样，安倍晴明在朝向庭院的外廊内，与博雅相对而坐。

一天就这样过去了。虽然仅仅是普通的一天，可这一天的光阴逝后，秋色似乎越发转深转浓了。

龙胆花的紫色，仅仅过了一天，就显得越发浓艳了。

天空也比昨日高爽，更加透明起来。

关于昨天的琵琶一事，博雅好像已全然忘却，对此只字不提。眼下，似乎下定决心，只为藤原济时遭人诅咒一事操心。

"就像你说的那样……"

博雅的声音无意中变得粗重、急促起来。

"你说什么？"

晴明问，他的声音跟平素没有两样。

"我说的是贵船神社。"

"贵船？"

"是啊，昨天你不是说，让我派人去打听一下吗？"

"哦。"

"今天早上我就派人去了。"

"是这件事啊。"

"我派过去的人，叫藤原实忠，他头脑灵活，办这种事相当内行。在贵船，他听到了一个奇怪的故事。"

"呵呵。"

晴明的声音里似乎也现出兴奋。

实忠按照博雅的吩咐出发，来到贵船，悄悄找到一个在神社里当差的名叫清介的男子，向他了解情况。

一开始，清介口风很紧，但随着实忠的询问，断断续续地说出了自己经历过的一件令人恐惧的事。

"是怎样一件事呀？"实忠问。

"是一个女人。"清介答道。

"女人？"

"一个奇怪的女人，每天夜里都到神社来。"

"哦？"

"一个女人，每天晚上手里都拿着偶人和铁锤，来到神社，做出种种不可思议的事。"

"不可思议的事？"

"是啊。她把偶人钉在神社附近一棵大杉树的树干上，朝着偶人兜头盖脑地钉，把五寸长的钉子直直钉了进去。"

"是多久以前开始的？"

"从我察觉开始，已一月有余，所以我想，恐怕还是从更早之前开始的吧。"

也就是说，有一个女人，每天夜深人静时分，身着白衣，来到贵船神社，在神殿附近的杉树林中，用五寸钉子把偶人钉入参天古树的树干。

最初注意到那个女人的就是清介。

一天晚上，更深夜阑时分，他醒来如厕时，看见一个女人的身影钻进了杉树林中。

会有什么事呢？

清介想，在这夜深人静的时候，孤身一人的女子不该到这种地方来呀。

这地方青天白日的时候尚且昏暗幽冥，充满幽幻气氛，更别说晚上了。

是人？是鬼？

清介想弄明白，倘若是女人，到底为什么深更半夜到这种令人心惊胆战的地方来呢？

可是他也没有特意尾随在女人身后，万一是鬼魂，不是世间之人的话，就关乎自己的性命了。

有一次，他跟同在神社里侍奉的朋友，偶然谈起了女人的事。

"啊，这么一说，我也看到过。"

"我也见过。"

"是那个女人啊，我也知道。"

一下子出现了好几个知情的人。

综合那几个男人的话分析，好像一到丑时，女人就从什么地方冒了出来。

"这么说，我也看到过那讨厌的东西。"

也出现了这样讲的人。

"那是什么呀？"

"是偶人啊。"

"偶人？"

"用稻草做成的偶人，还有木头偶人，被钉在杉树树干上，就在那边……"

因为还是大白天，几个人结伴前往现场，那是连神社里的人也很少去的树林深处。那里生长着一棵巨大的古杉树，树干上已经钉上无数的草人和木头人。

"真叫人毛骨悚然啊。"

清介告诉实忠时，或许是想起了当时的情形，身子微微颤抖。

还有人好像在深夜听见了女人的啜泣声。据说是在浓墨般的漆黑夜晚，从森林中传来的饮泣不止的女声。

"我委屈呀，我悔恨啊。"

女人在黑夜里喃喃着心头的恨事，声音听上去相当凄厉惨烈。

在这些话语中，夹杂着低低的恸哭声。接下来，女人发疯似的，用尖细的声音像唱歌一般絮叨着什么。

"遗恨终生啊，当年与我缔结情缘时，是在玉椿街八千代二叶的劲松下……本以为永不变心，谁想一切都已弃之脑后。真叫人悔恨啊……"

"是我恋慕你的，并不是因为谁的命令。虽然你已经变心，但我心意不改……"

女人一边哭泣一边怨诉。

"即使你无情变心，我的心却不会随之改变……"

听她一边说着，一边传来了铁锤敲打钉头的声音：

砰——

砰——

"至今还是深深地思念啊，无时不念想啊，一想就难过，一想就难过……"

接着，又响起了敲打声：

砰——


　　真想要你的命，

　　真想要你的命。


"高龙神哪，暗龙神，请把我化为厉鬼，缩短仇家的寿命！"

声音令人汗毛倒竖，浑身发抖。

大家终于弄明白了：是一个女子，她痛恨移情别恋的男人，正在深夜里诅咒他。

每晚都是这样，神社这边的人简直忍受不了。

气氛实在很糟糕。

要是外面有流言蜚语，说这里的神灵帮忙去咒人，那就更不合适了。

虽然还不知道怎么办才好，但一定要阻止这件事情。

当然，强行阻止那个女人施咒，招致女人的怀恨，也不是好事。

神社里的人们终于想出了一个方法，决定对女人撒一个谎。

如果扮成神告诉女人：女人啊，我听到了，我会满足你的心愿。女人兴许就不会再来了吧。

"真是个好主意！"

多数人表示赞同。

找谁扮成女子许愿的神，就这样告诉那女子，女子恐怕就会放心了吧。

可是谁来担当这一角色呢？

"我不要。你去吧。"

大家推来推去，没有一个人愿去。

"那么，是谁先说起那个女人的？"

"是啊，就让他去好了。"

"对啊。"

"对啊。"

"不是清介吗？"

"是啊，是清介。"

"是清介头一个说起那个女人的事的。"

结果，清介担任了这一角色。

二

"这么说来，清介跟那个女人讲话，应该是在两天前的晚上。"博雅对晴明说。

"说了什么？"

"清介说，他梦见两位巨大的龙神出现了，让清介告诉女人，他们听到了她的愿望。"

"嗯。"

"让她身着红衣，脸涂朱丹，头戴铁圈，在铁圈的三只脚上点起烛火，再加上满腔愤怒，她就可以化为厉鬼。"

"这不是太毒辣了吗？"

"毒辣？"

"是啊，让她身着红衣，还要把衣服扯成碎片，脸上涂成红色，头上倒顶着火撑子。"

"还要在炉脚上点起火。"

"这岂不是让那女人装成疯子吗？"

"就要这样。"

"这种打扮在人前露面，定会遭人嘲笑，放到女人身上，若给人发现，定会羞耻万分，活不下去了。"

"晴明，你说得没错，我倒没想到这些。"

"神社里的男人们，或许是想嘲弄女人，万一女人当真的话……"

"会怎样？"

"不管怎么说，结果总不太妙。"

"是啊，晴明，听清介这么一说，女人的表情先是十分恐怖，接着哈哈狂笑起来，然后手舞足蹈地跑了起来，奔下山了。"

"听起来够可怕的。"

"可不是吗。"

"说话的清介，看到狂舞着消失在远方的女人身影，也感到恐惧万分。"

"说是他钻上床后，那个大笑不止的女人的脸，一直在头脑里萦回不去。"

"本来想嘲弄她一番，才去对女人说这些，可是事情起了变化，或许那女人真的会变成鬼怪吧。越细想就越觉得怪诞。到底为什么要特意编出那样的谎言，在三更半夜等着那个女人呢？"

"看上去是他们自己思考的结果，可是，与女人的各种奇言怪行联系起来，说不定正是高龙神与暗龙神要他们这么做的吧。"

"如果不是这样，怎么能想出让女人头戴铁圈这样的怪主意呢？"

"就在他深感不安，十分困惑时，正好实忠赶了过来。"博雅说。

原来是这样。

"可是晴明，把一切挑明不是很好吗？"

"什么？"

"我是说，为什么还要派人到贵船神社走一趟。既然事情就像你说的那样，你难道就不能直截了当地跟我讲明白吗？"

"是这件事啊。"

"到底怎么回事呢？"

"是丑时。"

"丑时？"

"一到丑时，济时大人以及跟济时大人相好的女人，身体就会疼痛万分，你不是这样说过吗？"

"……"

"总之，贵船神社的神灵是丑年丑月丑日丑时从天上降临到贵船山的。"

"传说是这样。"

"因此，向神灵祈祷施行诅咒，许下心愿的时辰，最好选择丑时。"

"有道理。"

"可是，我不认为这是那个女人的主意。"

"什么？"

"我的意思是，有人给她出主意。"

"你是说，女人身边还另有一个智囊人物。"

"是的。"

"是谁呢？"

"别急，博雅。"

"我至今也没想到这一层。"

博雅点点头，说：

"可是，晴明——"

"怎么了？"

"实忠还拿来了一样东西。"

博雅伸手入怀，拿出一个布包。

"是什么？"

"打开看看吧。"

晴明从博雅手中接过包裹，打开一看。

"这不是偶人吗？"

"这是两个偶人，一个是稻草做的，一个是木头做的。"

"每一个偶人都写上了名字。"

"哦。"

晴明声音大起来。

在稻草偶人身上，贴着一张纸条，写着"藤原济时"。

木头偶人身上也贴了一张纸条，写着"绫子"。

"真有这回事呀。"

"清介在第二天早晨，在神社的甬道发现了它们。"博雅告诉他。

"在森林中的众多偶人身上，并没有贴着写有名字的纸条。"

"是吗？"

"好像应该有贴过纸条的痕迹吧。每一个偶人都留下了一点痕迹，却没有纸片留下来。"

"每晚诅咒之后，会不会把写着名字的纸条扯掉了呢？"

"那么，这是——"

"这是还没有施咒之前的偶人。当她听说可以变成厉鬼，欣喜若狂地跑回去时，就把它们落到了地上。"

晴明打量着拿在手中的木头偶人。

"在偶人的头部，绑着几根头发，应该是那位绫子姑娘的头发吧。"

"这个稻草偶人呢？"

晴明拨开稻草偶人身体侧面的稻草，把手指伸了进去。

"哦，有了。"

晴明从稻草人身体内拔出一小束头发。

"是济时大人的东西吧。"

"哦。"

"就是这样，在用偶人施咒时，把诅咒对象的头发、指甲、血液等放到偶人身上，或是卷进去，或是涂上去，功效就会更强大。"

"听上去太可怕了。"

"每天晚上都调换偶人，计划很周密呀。"

"对于藤原济时大人，我还是有些了解的，可是这位绫子……"

"啊，是那样……"晴明若有所思。

"你有线索了吗？"

"是啊。"

"我对她也没有印象，就让实忠马上去调查一下吧。但与其兴师动众，还不如直接向济时大人询问，这样最方便了。"

"嗯，这样做是不是操之过急呢？"

"我们到底去还是不去？"

"等一等……"

就在博雅起身时，晴明叫住博雅，把视线投向庭院。

"怎么啦，晴明？"

"有客人来了。"晴明低声说。

博雅把目光转向庭院，发现庭院的秋草中，吞天倏地伸长了脖子。

"怎么回事？"晴明问吞天。

"在门口有一个名叫藤原实忠的人，说是想见安倍晴明和源博雅大人。"

"哦，是实忠啊。"

博雅才站起来，又坐了下去。

"让他进来吧。"晴明说。

跟请蝉丸时一样，吞天马上消失了。不大工夫，他的身影又出现在外廊前，带来一个男子。

"我把实忠带来了。"

吞天慢吞吞地低下头，又从外廊缓缓下到庭院里，像把身子埋在茂草中似的，消失了。

"我是藤原实忠。"

实忠两膝跪下，朝坐在博雅旁边的晴明深深行礼。

抬起头时，发现他是一个二十左右、长着娃娃脸的年轻人，脸上堆满崇敬之意，举止像只猿猴似的。

"有什么事？"博雅问。

"遵照博雅大人吩咐，我去调查了一下那位叫绫子的小姐。"

实忠满脸阴云。

"有结果吗？"

"是啊，结果倒是有的。"

"怎么样？"

"绫子小姐昨天晚上断气了。"

实忠又低头行礼。

"我探访到，昨天晚上丑时，绫子小姐不知被谁拧断脖子，归天了。"

实忠埋着头，轻声叙述着。

"什么？"

博雅不由得大声惊叫起来。

"我有一个朋友是绸缎商，因为生意上的关系，对什么样的女人住在哪里都一清二楚。我向他打听，一提起绫子，便知道是宅子建在四条大路东边的橘长势家的女儿。于是我就到她家去了。"

"后来呢？"博雅问。

"我赶到那座宅子前，发现宅子里闹腾腾的。"

实忠向晴明和博雅叙述了事情的原委。

到了她家门前，实忠发现大门紧闭着。

实忠正思忖是怎么回事，这时大门打开，家人模样的男人们从宅子里抬出一张门板，门板上还盖着粗草席。

实忠当下决定尾随在他们后面。

家人们把盖着草席的门板运到了鸭川，放在河滩上，周围堆起已经准备好的柴火，点起火来。

柴火燃烧起来，飘出一股难闻的烧尸的味道。

原来，点着火之后，人的尸体就像被火烤着的鱼一样，自然地扭曲身子，把身体翻了过来。

门板上的东西也是这样。

火噼噼啪啪地燃烧着。身子一会儿特别僵硬，一会儿又猛地一跳。

盖在上面的粗草席也燃烧起来。好像要推开草席似的，尸体在里面翻动着手臂。

草席掀开了，可以清晰地看见人的手臂。到这时，实忠确定在河边焚烧的正是人的尸体。

找个机会，实忠接近了一位家人：

"烧的是什么呀？"他问。

"你就……"

他把钱塞给假装糊涂的家人。

"能告诉我吗？"

经不住他的追问，家人压低嗓门说：

"昨天晚上，我们家的小姐断气了。"

原来是这样。

"是绫子小姐吗？"

"哦，你也知道啊。就是绫子小姐昨天晚上归天了。"

"现在烧的是绫子小姐？"

"不是。"

家人赶紧摇摇头。

"是阴阳师。"

"怎么回事？为什么非得到这种地方把阴阳师烧掉不可？"

"在这里烧的话，烧完埋在这边就可以了。"

"埋在这儿？"

"不要有什么麻烦才好啊。要是在屋子里烧，就会冒出烟来，还有臭味，动静不就闹大了吗？"

一个家人说完，又有一个家人开口道：

"这是一位不知哪里来的流浪阴阳师，如果这个法师功力更强些的话，也不会沦落到这个地步了。"

"阴阳师怎么会出现在府上呀，贵府难道发生什么事了？"实忠问道。

家人们面面相觑，不再说话了。

"我们不能再多说了。"

"听说绫子小姐是遭了谁的咒，这事我一清二楚呢。能不能告诉我到底发生了什么事呀？"

他又把钱塞过去，家人们终于又松口了。

"哎呀，这个法师，还不是为了保住遭了咒的绫子小姐。是三天前绫子小姐找来的。"

"噢。"

"可是，这个法师无论怎么祈祷也没有用。"

小姐的脸颊腐烂得更厉害了，连头发都一簇簇地开始脱落了。

"就在昨天晚上，诅咒绫子小姐的厉鬼终于出现了。"

"不对，那不是鬼，是一个女人。"

当一个家人提高嗓门讲话时，另一个家人提出不同意见。

"是鬼。"

"不对，是女人。"

家人们争执起来。

"是什么都没关系，总之女人也好鬼也好，反正出现了。后来又怎么样了？"实忠问道。

"是一个力气大得吓人的厉鬼，她踢破门，打碎板窗，闯到房里去了。"

"啊，我当时就在那里，唉呀呀，那样子可真吓人啊。"

"脸是赤红的，身上缠着红色的破烂衣裳，头上顶的，可不是脚上点了灯的火撑子吗？"

"疯女人就是这副模样。"

家人们你一言我一语地说着。

"后来呢？"

那女人，或者说是女鬼，径直踏进绫子小姐的卧室。在小姐床前祈祷的阴阳师惊恐万状，正打算爬着逃走。见此情形，她用右脚猛踢一脚，那法师就仰面朝天倒下了，她恶狠狠地踩住了法师的肚子。

肚子踩烂了，那法师就这么一命呜呼了。

看见这种场景，绫子惊慌失措，尖声大叫：

"哎呀……"

她想起身逃走。可还没走出几步，就被那女人从后边猛地用力攥住了头发，另一只手搂紧了她的头。

"可恨啊，你这个贱女人。不仅夺走我的夫，连我的琵琶也不放过……"

看上去跟怪物一般顶着铁圈的女人，两只眼睛一左一右往上斜吊起来。

"叫你知道我的厉害！"

随着女鬼的用力，绫子的头转动起来。

随着头部的转动，绫子的身体也不由自主地转动起来……

家人们眼睁睁地看着这一幕，都忘记逃开了。

即使不忍看，视线也无法移开。

女人眼中流出的血泪流到脸颊上，又落到地板上。

她一边号啕大哭着，一边用红色的舌头大声吸着绫子的眼睛。

"我憎恶你，我恨你！"

"呀——！"

女人厉声叫起来。

她一直抱着绫子的头，呜呜咽咽地发出不知是喜悦还是悲泣的声音，尖声狂吼。

当家人们从极度惊恐中回过神来时，女人的身影已经消失了。


三


"我打听到这些情况，就匆忙来到这里，向两位大人报告……"实忠对晴明和博雅说。

实忠缄口不语了。博雅好一阵子也没有做声。

"原来是这样。"

博雅口气平板，没有一丝抑扬。

"女人口口声声说着琵琶什么的，是吗？"晴明问。

"是的。"实忠点头。

博雅一言不发。

"你怎么了？"晴明问。

"是这样的，关于琵琶，我还忘了讲一件事。"实忠说

"是什么事？"

"我注意到他们说起琵琶，就问他们还记得什么。有个人说他想起了一件事。"

根据一位家人的讲述，发生过这样一件事情。

"大约在两个月前，因为琵琶，招来了一个奇怪的女人。"

是在一天下午。

不知为什么，绫子忽然罕见地说她想弹一弹琵琶。

一位女侍赶紧拿出琵琶，做好准备后，绫子抱起琵琶开始弹拨起来。

或许是琵琶质地好，声音非常动听，不过演奏者的水平实在不敢恭维，怎么也不能说弹得好，击弦有时出现错误，就算没有错误，节奏也不准。

绫子在内厅的铺席垫上毛毯，坐在那里弹起了琵琶。

突然，外面出现了一阵骚动，据前来报信的人说，有一个女人前来造访，一定要求进入内厅。

她说，刚才从外面经过，偶然听到宅子里传出琵琶声，声音实在太好听了，忍不住想看看是什么样的琵琶，才能发出这么美妙的声音，请务必让她瞧上一眼。

女侍这样禀告绫子。

"怎么对待她才好？"女侍这样问绫子。

"让那个女人走吧，不要让她进来。"绫子说。

家人照吩咐把那个女人打发了。

可是接下来，就在绫子重新弹起琵琶时，不知怎么回事，那个女人竟然出现在内院里。

"声音听上去非常熟悉，所以情不自禁地来到你的家里。这把琵琶不是'飞天'吗？"女人说。

站在院里的亭子旁，她频频打量着停下手来的绫子。

"难道就是你从济时大人那里得到了这把琵琶吗？"

女子说着，紧盯着绫子手中的琵琶。

"这把琵琶是我过世父母的遗物，为什么会转到你的手中呢？"她声音颤抖着问道。

"哎呀，你到底在说些什么呀？我可是一点也听不懂。"

绫子坐在地板上，朝着庭院中的女人说：

"这把琵琶确实是从藤原济时大人那里得到的，你说是你的家传之宝，实在太让人意外。"

"你到底还是从济时大人那里得到的啊。"

女人说着说着，声音哽咽起来，把话头咽了回去。她垂下双眼，紧咬嘴唇，沉默起来。

她的头轻轻地摇了摇，细细的声音喃喃地说：

"真卑鄙，真无耻！"

"听到令人怀念的琵琶声，我不禁偷偷潜入你家的庭院，偏偏在你的面前现出了一副不雅的蠢相……"

"我好恨啊，济时大人——"

女子热泪盈眶。

她的年龄似乎有三十多岁，含着泪水的眼睛周围，看上去有细细的皱纹。绫子望着女人，等她把话说完，立刻说道：

"你突然闯到他人府上，又说出那样奇怪的话，究竟是怎么回事，我倒是一头雾水……"

绫子拿着琵琶，站了起来。

"无论如何都难以平静……"女子哭泣道。

"这把琵琶是我从济时大人那里要来的，本来非常喜欢，可如今一点也不喜欢它了。"

绫子丰腴的面颊泛着潮红，说。

她今年才十八岁，头发油黑乌亮，飘逸如云。她双唇艳红，饱满诱人。

她用冰冷如剑的眼神盯着女人说：

"既然你那么看重这把琵琶，那就把它拿回去，总可以了吧。"

"你是说，可以把琵琶还给我？"女子半信半疑。

绫子纵声大笑起来。

"我只是说让它回去，不是还给你，而是丢掉它。"

"丢掉？"

"它弹不出好听的声音。这把琵琶已经坏了，既然坏了，当然要丢掉了。要是今后你捡到它，再怎么处理，就随你的便好了。"

说完，绫子双手抓住琵琶的头，高高举起，用足气力摔了下来，琵琶碰到外廊的栏杆，发出令人胆寒的声音。

绫子把琵琶丢到庭院里，琵琶跌落在女子的脚下。

"你干了件什么事啊！"

女子双膝跪下，抱起琵琶。

有着螺钿纹饰的腹板摔裂了，紫檀木的琴槽也摔开一个大大的裂口。

女人在地上长跪不起。她抱着琵琶，抬头望着绫子。

"你看着办好了。"

绫子用怜悯的眼神打量着女人。

"你呀，万一我连济时大人也丢开的话，你也打算这样捡起来吗？"

她肆无忌惮地说。

女人双唇颤抖着，想说出点什么。还没等她开口，绫子转身回到屋里去了。

女人用两只长袖，像把损坏的琵琶包起来似的，小心翼翼地抱了起来，默默无语地往大门外走去。

"一个家人告诉了我这件事情的经过。"实忠说。

"你说那是螺钿纹饰的琵琶，那个纹饰到底是什么样的，你知道吗？"

博雅一副若有所思的样子，向实忠问道。

"听说，是展开双翼的凤凰和天女。"

"哦……"

博雅呻吟般地叹息了一声。

"晴明啊，刚才的故事中说到的琵琶，难道是昨天晚上蝉丸大人送来的琵琶？"

博雅的声音颤抖着。

"嗯。"

晴明点点头。

"那么，闯到绫子小姐家中的女人，跟出现在蝉丸大人面前请他供养琵琶的女人，也是同一个人吧？"

"是。"

"也就是说，这个女人，就是在丑时前往贵船神社，施行鬼魅之法、头戴铁圈的女人？"

"嗯。"

"那个女人，竟然把绫子小姐的头——"

听着博雅的话，实忠不解地问：

"博雅大人，原来您对那个女人的事、琵琶的事都一清二楚啊……"

"略微了解一点情况吧。"

博雅郁闷不堪地扭头答道。

"如此说来——"

面对追问不休的实忠，晴明开口道："实忠啊——"

"在。"

实忠马上转向晴明。

"我有一件急事要你去办。"

"什么事？"

"请你立刻去收集一些稻秸。"晴明说。

稻秸就是芭茅、野芒。

"稻秸？"

"是的。把它捆起来，刚好扎成一个成人身体大小就可以了。"

"接下来怎么办？"

"尽快把它运到藤原济时大人府上，好吗？记住，要尽快！"

"好。如果没有别的吩咐，我马上动身。"

实忠深深地低头行礼。

"我去了。"

说完，他转身就走，很快就不见了。

"晴明——"

博雅的脸上几乎失去了血色。

"看上去刻不容缓，有要紧事吗？"博雅问。

"也许吧。"

晴明点点头，说：

"大概就在今天晚上。"

"今天晚上？"

"是的。那顶着火撑子的女人，今天晚上很可能就会闯到济时大人府上。"

"哎呀，太阳马上要落山，夜晚眼看就降临了。"

"所以，我才让实忠尽快办。但虽说快到晚上了，女人肯定是丑时才出现，所以还有时间准备。甚至还有足够的时间，把这件事的来龙去脉向藤原济时大人问个清楚。"

不过，毕竟金乌西坠，半边太阳都躲到山后了。晴明的庭院里秋虫唧啾，响杂成一片。

"今晚会是一个不平常的夜晚吧。"

"会有危险吗？"

"是的。"

晴明点点头。他环顾自家庭院,将右手的食指和中指并拢在一起,在左手掌心轻轻敲了三下。

"跳虫,请出来吧。"

晴明话音才落,从外廊下丰茂的秋草中,慢吞吞地爬出一个东西来。

那是蛤蟆。

"跳虫?"

"就是宽朝僧正送来的蛤蟆呀。"

晴明伸出手去,蛤蟆跳起来,落到他的手上。

他把蛤蟆收在长袖里,说:

"好了,博雅,我准备完毕——"

"要走了吗?"

博雅的嘴唇颤抖着,说。

"怎么了?"晴明问。

"嗯,嗯……"

博雅吞吞吐吐地欲言又止,终于点了点头。

"走吧。"

"走吧。"

事情就这样决定了。


# 四


辘辘辘辘——

晴明和博雅乘坐的牛车,行驶在京都大街上。

牵引着牛车的，是一位身穿漂亮唐衣的妖娆女子。

接近满月的月亮，升上了东边的天际。月光把牛与牛车的影子投射到地面上，却看不见女子的影子。

女子是晴明使用的式神蜜虫。

虽然是秋天，微风中依然飘荡着微细的藤花香味，因为蜜虫是紫藤的式神。

她轻移脚步，双脚看似着地又好像没有着地，步伐像是临虚御风，轻灵飘动。

太阳下山了。过了好一阵子，西边的山头上依然一片明亮。

博雅把用布包裹着的琵琶放在两膝上，不说话，好像在忍受着巨大的痛苦。

可是不一会儿，好像实在耐不住疼痛，博雅自言自语般开口了：

"哎呀，如果那么做的话——"

在牛车里，博雅低声喃喃着。

"怎么啦，博雅？"晴明问。

"丑时到了——"

博雅好像要把心头浮现的情景完全抛开似的，开口了。

"是啊。"

"贵船神社的神灵，怎么会有这种可怕的能力，给人的咒增加效力，让人变成鬼呢？"

"你是说，那个顶着火撑子的女人已经变成鬼了，博雅——"

"不是吗？把门踢破，把窗子打烂，闯到别人家中，可不是一般的人力所为呀。"

"啊，不管那个女人是不是鬼，神是不会把人变成鬼的。"

"嗯？"

"博雅，人是自己变成鬼的，希望化成鬼的是人，贵船神社的高龙神和暗龙神只不过给人增加了一点魄力罢了。"

"……嗯。"

"怎么，博雅，你认为神是什么？"

"神？"

"所谓的神，归根结底，仅仅是一种力而已。"

"力？"

"人们有时把那种力命名为高龙神、暗龙神什么的，也就是说——咒本身即是神。"

"……"

"贵船的神灵听说是水神。"

"嗯。"

"水是善还是恶？"

"……不清楚。"

"给田地带来甘霖时，水是善的。但是，当雨下个不停，连居家都冲走了，这种水就是恶的。"

"嗯，不错。"

"可是，水的本性仅仅是水而已，说它善啊恶啊，只是因为我们人类有这种善和恶的分别。"

"继续说……"

"贵船的神灵兼具祈雨和止雨两种职责，就是这种原因。"

"嗯。"

"鬼怪也是一样的。"

"鬼不是神，而是人产生出来的东西，对吗？"

"是的。"

晴明点点头，用一种难以形容的表情看着博雅。

"博雅呀，也许应该说，有了鬼才有了真实的人。正因为人的心中藏着鬼，人才会歌唱；正因为鬼存在于人的心中，人才会弹起琵琶，吹起笛子。而当鬼从人心中消失不见时……"

"消失不见？"

"也就是说，人要从这个世上离开了。"

"真的吗？"

"所谓的人或鬼，是不可能一分为二的，正因为有人才有鬼，也因为有鬼才有人。"

"……"

"博雅呀，不仅头顶铁圈的女人是这样，凡是人，无论是谁，都会不时希望自己变成鬼；无论是谁，他的心中都会不时怀有'鬼胎'。"

"这么说，晴明，鬼也藏在我的心中吗？"

"嗯。"

"也藏在你的心中吗？"

"没错。"

博雅沉默起来。过了一会儿，他深深地叹了口气。

"真悲哀呀！"

他唏嘘不已。

就在这时，牛车停下来了。

一时间，博雅以为到了济时的府上，可是，明明才过了一会儿，应该还到不了啊。

"晴明大人，有一位客人——"蜜虫在车外说。

"哦，有客人啊。"晴明点点头。

"是哪一位？"

博雅掀起车帘，往外打量。

"哦，是一位法师。"

他压低声音说，一面凝神打量着。

牛车正面站着一个人，正朝着这边张望。

是一个法师打扮的老人。

他的衣服褴褛不堪，头发好像倒立般乱蓬蓬地罩在头上。

老法师的炯炯目光，如一束光般投射过来。

"晴明在吗？"他低声问道。声音传到了牛车里面。

"找我有事吗？"

晴明来到牛车外面，站在暮色中。

"哦，你还是在呀，晴明。"老法师说。

晴明嘻嘻一笑，往前迈出一步。

"原来是芦屋道满大人，你有什么事吩咐？"

晴明前面站着的就是芦屋道满。

月华轻染在道满的白发上，染在他脏兮兮的僧衣上，好像散发着一种妖里妖气的朦胧光芒。

"是不是打算去藤原济时府上啊？"道满说。

"你眼光厉害，什么都瞒不过你呀。"

晴明鲜红的唇边，依然留着些微的笑意。

"别去了。"

道满口气生硬地说：

"别去了。"

"哈哈，为什么？"

"你是想去帮那遭了某人的咒的济时一把吧，你放弃吧。毕竟，那不是我们人间的事，我们不该对他们太关心。"

"哈哈。"

晴明的嘴边依然挂着淡淡的笑意。

"原来还是你呀，道满大人。"

"你说什么？"

"这件事，我正揣摸是谁在背后出主意，莫非就是芦屋道满大人吗？"

"呵呵，你发现了。"

"我可没想到会是道满大人。我倒是想过，有谁让那女人头顶铁圈，丑时参神。"

"说到底，教会那女人的就是鄙人。"

"你还帮忙施咒了？"

"不，没有。我可没帮她施咒。我所做的，只是告诉那女人在丑时去拜贵船神社的神。就这些，没别的。"

"那我就放心了。如果跟道满大人施的咒对抗的话，说不定会粉身碎骨的。"

"晴明啊，你放弃吧。"道满低声说。

"放弃？"

"人要变成鬼，有办法阻止吗？"

道满这么一说，晴明表情严肃起来。

"怎么可能有回天之力呢？"

"所以呀，还是不要去干涉他人的事。"

道满说完，晴明又笑了。

"你觉得很奇怪吗？"道满问。

"告诉我不要去干涉他人的道满大人自己，难道跟这件事不是牵连很深吗？"

听晴明这么说，道满的嘴边开始浮现微微的笑意。

那是一种凄凉的笑。

道满仰头望月。

"是在七月出头吧……"

他自言自语般地低声说：

"就是这么一个月明星稀的夜晚，我在堀川小路一带闲逛，忽然，笛子的清音飘了过来。"

"哦，笛子——"

"非常好听的笛子。"

"我被那笛声吸引，循声走过去，正好碰到一个女人在走路，可是仔细一看，发现那女人竟是个生魂啊。"

"后来呢？"

"那个生魂好像也给笛声吸引了，循着笛声往前飘。我觉得奇怪，就跟在后面。在堀川桥边，有一个男人正吹着笛子。呵呵，就是那个男的。"

道满把亮晶晶的眼光投向晴明身后。从牛车上下来的源博雅正一言不发地站在那里。

"博雅？"晴明低声说。

博雅会意似的把下巴稍稍抬起，往前跨出半步，跟晴明并肩而立。

他打量着道满。

"那天晚上，你到过那里吧。"博雅语气生硬地问。

"嗯，我在。"道满点点头。

当道满出现时，正向他哀求的女人迅速消失了身影。

"帮帮我吧，博雅大人——"

"我看见她消失了，那是因为当时女人的本体醒了过来。"

"……"

"啊，在女人睡着时，她的灵魂脱离身体，在外边游荡啊。"

"接下来呢？"晴明问道满。

"我发现了匆匆往回赶的生魂，就兴致勃勃地跟在她后面。

"女人的生魂从堀川小路下去，来到五条一带，潜入附近房屋的土墙里，消失了踪影。

"房子荒凉破败，看上去像是很久没人住了。"

接着，道满看到了那个刚从梦中醒来的女人。

女人睁开眼一看，在她面前出现了一个衣冠不整、奇模怪样的老法师。

可女人望见道满一点也不惊奇，反倒是道满给那女人缠住了。

道满这样叙述着。

"你给她缠住了？"晴明问。

"是啊。"道满点头说。

女人打量一番眼前的这位老人，开口问：

"你到底是什么人？"

"我是阴阳师，叫道满。"

"既然是阴阳师，那么，施咒的方法应该知道好多种吧。"

"啊，略知一二。"

"那就拜托了。"

女人在那里撑起双手。

"什么呀？"

"请教给我一种吧。"

"你说什么？"

"我想杀死一个人。"

从女子的嘴唇，徐徐地吐出青白冰冷的火焰，女子的脸上充满悲凄之气，美丽得叫人胆寒。

"我动心了。"道满低声告诉晴明。

夜色笼罩着长长的沉默，道满紧闭嘴唇，好像回想起了当时的情景。

"当时你就教她前往贵船神社，丑时参拜水神？"

"嗯。"道满点点头。

"真是一个可怜的女人啊。"

"你知道这个女人的事情吗？"晴明问。

道满又点点头。

"可是，今天晚上，最好从济时的口中讲出来。"道满说。

"你不阻止我了吗？"

"我不拦你，你去好了。"

"可以吗？"

"没关系。"

"我想请教一件事。"

"哦，什么事？"

"那女人现在在哪里，你知道吧？"

"我不知道，那不是我的事。"道满回答。

"哦。"

"晴明，你见她想做什么呢？阻止她施咒吗？在不同的场合，也可能会杀死女人自己吧。不过也就是这么回事，至于内心——"

"至于内心？"

"晴明，与人相关，就是与悲哀相关……"

"久违了，我做了一个梦。"

"道满大人——"

晴明用从未有过的柔和声音喊着道满的名字，说：

"你给她迷住了？"

道满没有答复，而是笑了。他声音低低的，哧哧地笑起来。

"晴明，你想拿大道理来劝那个女人吧？如果劝解她，会让她心服口服吗？我们所能做的，也就到这种程度为止。怎么办，晴明？你是我的话，会怎样对待那个女人呢？"

看上去，道满像是在哀求晴明帮他做点什么的样子，他还在低声浅笑。

"你真糊涂呀，晴明，一牵涉人……"

道满说着，转过身去，哈哈大笑。他的背影朝远方飘去，一会儿就不见了。

晴明的身边，博雅痴痴地站在那里。他脸上血色尽失，身体在微微发抖。

"晴明——"

博雅的声音像是快要窒息似的，低声说道。

"事情一清二楚了，博雅。"晴明说。

"嗯。"

博雅如鲠在喉，只能点头同意。

"跟你说的一模一样啊，晴明。我明白了。自从听到实忠说的故事，我就明白了。"

"……"

"就是那堀川桥边的女人在诅咒藤原济时大人。你早就清楚了吧，晴明……"

"嗯，清楚。"

"为什么你不说出来？"

提问之后，博雅又摇摇头。

"我明白了，你是为我考虑才没有说出口的。"

"我真的感到可怕，竟然是她在诅咒藤原济时大人。这种事说出口都是很难的。"

好像在忍受着朝他的身体袭来的痛楚般，博雅扭过头。

"这把琵琶，当时她在牛车中就曾弹过啊。"

手中的琵琶，博雅仿佛抱得更紧了。

博雅转向晴明，脸像哭泣的孩子一般。

"不会出什么事吧，晴明？"

声音十分痛楚。

"你说的是什么事？"

"总会出点什么事的。会不会性命攸关呢？"

"不知道。"

"为什么不知道，晴明？"

“现在我们约好的，是去救济时大人的命，就这么一回事，其他的事情根本没有谈过。”

“万一能保住济时大人的性命，那，施咒的女人会怎样呢？”

“……”

“晴明，会怎样呢？”

“抱歉，博雅，现在我所能说的，只有尽力而为，至于以后的事，我无法答应你。把咒拦回去这种办法也只能回避。再想别的办法吧。”

“嗯。”

“要不，就不去了吧。我们就这么回去，接着喝喝酒吧，博雅……”

博雅望着晴明，痛苦地说：

“真不知该怎么办才好……”

他的声音饱含着悲怆。在他的耳边，还回响着那个女人的哀求声：

“请帮帮我吧，博雅大人——”

“怎么办？”晴明轻声问博雅。

“噢……”

“走吧。”

“走，走吧。”

博雅口气僵硬。

“走吧。”

“走吧。”

事情就这么定下来了。

# 生成姬

## 一

藤原济时一副气血尽失的样子，坐在博雅和晴明对面。

只有三个人在场，其他人都奉命回避了。

"发生了一件非常可怕的事情。"

济时的声音战战兢兢的。

绫子发生了什么样的不幸，大概已经传到济时的耳边了吧。

确实，竟然发生那样的事情，太出人意料了。济时的视线游移不定。

他用哀求的眼神望着晴明，一会儿，他的视线又转向自己后边，接着，又转向庭院……好像他以为厉鬼眼下就会从背后、从庭院里扑过来，把他一口吞下似的。

"你小心为上。"晴明说，"但如果过于胆怯，咒就会更加强烈地加诸其身……"

"嗯，嗯。"

哪怕在点头，济时的视线还是游移不定。

"我非常清楚昨天晚上绫子小姐发生了什么事。"

"是，是吗？"

"昨晚到绫子小姐那里的凶煞，今晚会赶到济时大人这里来吧。"

"会来吗，到我家来？"

"是的。如果来的话，是在丑时。"

"救、救救我吧！晴明大人——"

"是谁憎恨济时大人，你有印象吗？"

"有，有印象。"

"庆幸的是，现在离丑时还有一段时间，你能否告诉我，到底发生过什么事？"晴明问。

博雅就坐在晴明旁边，他纹丝不动，一言不发，好像正在忍耐着一把锋利的刀子插在胸口的痛苦似的。

在到达济时家之前，晴明问博雅：

"博雅，你准备好了吗？"

"什么？"

"见到济时大人，我会询问许多事情，特别是关于头顶铁圈的女子，那时或许会有很多事你不想听到。济时大人那里预备着别的房间，你可以回避的。"

"没关系。"

博雅好像急于打断晴明的话头似的。

"晴明啊，感谢你的关心，与其后来无休无止地牵挂，东躲西藏地不敢面对，倒不如一开始就全部听到为好。"

博雅又说："这也就是我要拜托你的事。无论发生什么，我都无法逃避。"

"明白了。"晴明点点头。

在济时家门前，两人走下了牛车。

现在，博雅膝盖上抱着用布包好的琵琶，认真倾听着晴明和济时的谈话。

"那我就都告诉您吧。"

济时点了点头，一副决绝的表情，企望着晴明，说：

"那是十二年前的事了。那时，我有一个心仪的女人，此前一直给她写信或是送信物，却总收不到满意的回音。她的府上位于堀川小路附近的五条一带，小姐就住在那里，名叫德子。"

济时说出那个名字时，博雅重重地吸了一口气，闭上双眼。

"她的父亲是皇亲国戚，还担任过太宰府的副长官等职务，回到京城后，到第四个年头，在小姐年满十八岁时，不幸病故了。"

"她母亲呢？"

"就在她父亲去世的那一年，由于伤心过度，也随之去世了。"

"原来是没落贵族。"

父母在世时与她家素有来往的人们，就慢慢地疏远了，连仆人也接二连三地走了，府中越来越冷落。

"变卖家产，勉强换成钱币，就这样孤苦伶仃地维持着日常生活。"

"德子小姐难道没有兄弟姐妹吗？"

"有一个弟弟，听说花了大把的钱，把他送入了大学，据说这个弟弟气宇不凡，非等闲之辈。不幸的是，在一年夏天，她弟弟染上流行病去世了。"

"实在太可怜了。"

"当时，德子小姐府上有一位老女仆，经过她的穿针引线，我终于得以跟小姐会面，定情了。"

"那是十二年前的夏天吧。"

"是的。"济时点点头。

"看那情形，小姐当时好像有暗中渴慕的心上人。但自从我们相会后，就一心扑在我身上，日渐情深。"

"暗中慕恋的人是谁，小姐谈起过吗？"

"没有。关于那个人，小姐只字未提。"济时说。

"跟绫子小姐是从什么时候开始交往的？"

"三年前开始。"

"那德子小姐那边呢？"

"由于没有生孩子，自从五年前，我自然就去得稀少了，这两年来，基本上不再交往。"

济时送去的衣食接济等也基本停止，仅剩的老女仆也离开了她的家。

"这一次的宫廷相扑大会上，济时大人确实是照应过海恒世大人呀。"

晴明转换了话题。

"这三年来，我一直在照应他。"

"此前，您不是一直照应真发成村大人吗？"

"以前确实如此。不过，由于绫子偏爱海恒世，所以我自然而然……"

"原来是这么回事呀。"

晴明点点头，端正了坐姿，望着济时说：

"济时大人，我还有一事请教。"

"什么事？"

好像下定决心坦诚相告似的，济时有所觉悟。

"源博雅大人现在带来的东西,不知你猜不猜得出来？"晴明说。

这句话提醒了博雅，他睁开眼睛，打开一直抱着的包裹，拿出里面的琵琶。

看到琵琶，济时十分诧异：

"哦……"

"你还有印象吗？"

"有。"

"这就是飞天啊，应该是绫子所有的，怎么出现在这里？"

"诚如您所言，它确实曾为绫子小姐所有，在此之前，它又是谁的心爱之物呢？"

济时哑口无言。

"难以启齿，是吗？"

"是的，这会暴露我的羞耻……不过，还是说吧。"

济时用力咽下口中的唾沫，说道：

"这原来是德子小姐的琵琶。我跟德子小姐相交甚欢时，德子小姐兴之所至，时常会弹起这把琵琶。它式样非常漂亮，音质也好，所以我印象非常深。"

"那它怎么转到了绫子小姐那里？"

"我对这把琵琶也是爱不释手。前几年，在清凉殿举行歌会时，要弹奏琵琶，我就从德子那里把飞天借了过来。"

于是，就这样一直放在手边。到了跟绫子交往时，一天晚上，他拿起飞天弹了一次，当时绫子就对飞天十分中意。

"绫子小姐也会弹琵琶吗？"

"哪里，绫子弹琵琶的技艺并不怎么样，她是因为飞天的精美而动心了。"

"绫子小姐说过她想要飞天吗？"

"是的，她希望能把它放在身边。"

"绫子小姐知道这把琵琶是德子小姐的心爱之物吗？"

"她不知道。顶多是略微有所觉察吧。"

"哦，如果你告诉她这是别人预留在这里的，不就可以不送给她了吗？"

"绫子没有问。"

过了一会儿，济时又说：

"是的，绫子只要有了看中的东西，无论如何都要弄到手，否则是不会善罢甘休的。她一直求我送给她。"

"这样你就给了她？"

"是的，我告诉她，我是从物主那里重金买来的。"

"你对德子小姐怎么交代？"

"当然不能直言送给了绫子，我当时非常自私地撒了一个谎。"

"什么谎？"

"我说琵琶给人偷走了。"

"哦。"

"因为是琵琶中的极品，小偷偷去会不会把它高价卖掉，或者是被仆人们悄悄拿走？毕竟精美的乐器连鬼也会喜欢的，或许是鬼怪偷去也未可知呀，我就这样哄她。"

就这样，他撒了个弥天大谎，把旧相好十分珍爱的宝物，瞒天过海地送给了新相识的妙龄女子。

"我真干了一件蠢事呀！"济时沙哑着声音说。

"那德子小姐知道绫子小姐的事吗？"

"我没有说过。可只要听到外人的传言，我跟绫子相好的事她肯定会有所耳闻。因为德子小姐曾命仆人四处搜集坊间关于我的传言。"

"有这么回事吗？"

"晴明大人——"济时的语调郑重其事。

"什么事？"

"这话从我的口中说出来是有点奇怪，可是我想知道，因为做过这种无德的事，人就会变成鬼吗？"

"变成鬼？"

"我听说，男人移情别恋和新欢交往，或者女子红杏出墙跟别的男人定情，都不是一般的罪过。"

"是啊。"

"那么，人会变成鬼吗？"

"如果我说不会变成鬼，你会安心吗？"

"我不知道。不过，德子怎么能变成鬼，还取走了绫子的首级，我至今还是难以置信。"

"济时大人——"

"……"

"不管是什么样的人，她都不可能向他人彻底袒露内心。反过来说，人们也不可能完全窥知她的内心。"

"……"

"心中连本人都无法揣摸清楚的阴影，也是常有的啊。"

"是的。"

"在阴影里，无论谁都怀着鬼胎。"

"无论是谁？"

"是的。"

"你是说连德子的心中都会怀有鬼胎吗？"

"是的。"

晴明点了点头，又接着说：

"变成鬼，并非出于人的意志，不是说有所期望就会变成鬼，也不是说只要心中不想就不会变成鬼。"

"……"

"当无计可施时，当除此之外再也没有别的办法时，人极可能被迫变成鬼。"

"晴明大人，我该怎么办才好呢？"

"既然是我提起这事，而且事态急转直下，先过了今晚再说吧。"

"可以过去吗？"

"事在人为吧。"

"做些什么才好呢？"

晴明沉默了一阵子。他望了望博雅，又把视线转向济时。

"办法，倒是还有一个。"

"什么办法？"济时直起了身子。

"我暂时不会告诉你的。关于这把琵琶，德子小姐可是一清二楚的啊。"

“你的意思是——”

“济时大人把琵琶送给绫子，德子小姐并没有被蒙在鼓里。”

晴明把实忠从绫子家人那里听来的故事，尤其是绫子把琵琶摔坏的那件事，转述给济时。

“竟然会发生这种蠢事。”

济时脸上阴云密布。

“这件事我不想让德子知道，会让她很伤心。这样对不住她。”

“您能自己去跟德子小姐说说吗？”

“跟德子说什么？”

“就是刚才我所说的，还有一个办法——”

“……”

“不必做任何准备，希望济时大人今晚就一个人在这里等着德子小姐。”

“我一个人？”

“是的。”

“那，接下来怎么做？”

“当德子小姐来到时，你就把刚才所说的话，毫无隐瞒地告诉小姐，而且必须诚心向她道歉。”

“如果这样就行，我会说的。”

“光这样说还不行。”

“还有什么？”

“你还要向德子小姐说出‘我至今还慕恋着你啊’。”

“不是不能撒谎吗？”

“是的。”

"必须是发自肺腑的言语吧？这么一来，我的命就得救了吗？"

"不知道。"

"不知道？"

"那要看听过济时大人的表白后，德子小姐的心态。"

"……"

济时沉默了一会儿，又摇了摇头。

"办不到吗？"

"如果能救我的性命，我是什么都做得出来的。可是，我的心，现在已经离德子很远了……"

"老实说吧，有些想法，比如'对不起'、'可怜'之类，还是有的。说到还爱着她，实在难以启齿。如今，我对德子是害怕得不得了，只要想起德子把绫子的头扭了下来，就无比恐惧。虽然原本是我主动追求她，可事到如今，爱慕的心确实荡然无存了。"

济时说着，表情十分痛苦，像正吞咽着苦果似的。

"这么说，这个办法行不通喽。"

"那么，还有别的办法吗？"

"还有一个办法。"晴明说。

"什么办法？"

"刚才我让实忠找来了稻秸。可以用它试试。"

"用稻秸？"

"是的。"

"为此，必须准备一些东西，你能把头发剪下一点吗？"

"当然可以，你准备怎么做？"

"我会设法把济时大人的身影隐藏起来，让人看不见。"

"让人看不见我的身影？"济时不可思议地低声问。

"看不见你的只有德子小姐，对我们来说，你的身影是随时都能看见的。"晴明说。

"不过，我要先提醒你一件事。"晴明又说。

"什么事？"

"无论发生什么事，你绝对不能出声。"

"出声？"

"是的。如果济时大人一旦发出声音，法术就破了。"

"如此一来，又会怎么样呢？"

"你的身影就会被看到，说不定会危机四伏。"

"哦。"

"毕竟是济时大人自己种下的苦果，你好好忍耐一下吧。"

"我懂了。"

济时仿佛若有所悟地点点头。

## 二

黑暗中，晴明与博雅敛声屏气。

离丑时还有一段时间。

地点是在藤原济时的房间里。

此刻，房间里只有晴明、博雅和济时三人。

描金画彩的屏风竖立起来，屏风前放着稻秸做成的真人大小的偶人，就好像人坐在那里的样子。

在草人的正后方，济时在屏风与草人之间端坐着。

晴明与博雅坐在屏风后边。从一个时辰以前开始，就一直等着德子小姐的到来。

草人的胸口贴着一张纸，纸上用毛笔写着"藤原济时"四个字。

草人身上粘着晴明从济时身上取下的头发和指甲。

"这样一来，德子小姐就会把草人看成济时大人了。"

在安置草人时，晴明对济时直言相告：

"本来可以用这个草人，直接把咒遣返。可终为不美。"

若把咒遣返，咒就会原封不动地加诸德子身上，这样一来，德子的性命就危在旦夕了。

采用回避法，晴明避开了遣返术。

眼下在暗夜中，晴明和博雅静静地重复着徐缓的呼吸。

徐徐地吸进黑暗，又缓缓地把黑暗吐出来，每次呼吸时，暗夜之气慢慢潴留体内，直至全身的肌肉、筋骨、血液统统浸染在黑暗中。

"可以吗，博雅？"晴明凑近博雅耳边低声说。

"什么？"博雅不解。

"我们所在的地方，贴着驱邪的护符。当德子小姐赶到时，哪怕从屏风背后探出头，德子小姐也不会察觉的。不过——"

"不过什么？"

"已经跟济时大人说过了，德子小姐现身时千万不可出声。"

"出了声又会怎样？"

"那样，德子小姐就会猜到我们也在这里。"

"接下来呢？"

"要是猜到了，就会像绫子小姐那边的阴阳师一样，或是被踩死，或是被拧下头……"

"千万不可出声啊。"

博雅会意的声音苍白无力。

晴明如此小心翼翼地说话，想必一部分可以传到屏风另一边的济时耳中。

那种结局自然并非博雅所望。

晴明深知内情，言语尽量避开德子跟博雅的关系，更没有把博雅在堀川桥边见过德子的事告诉济时。

晴明从怀中掏出一个盖着盖子的小瓶子。

"如果是酒，倒可以好好喝上一口，可惜不是酒。"

"是什么？"

"水。"

"水？"

"是的。"

"用它做什么？"

"用处有很多。到时候用得着还是用不着，我还不清楚呢。"

这时，话语中断了。

在沉沉的暗夜中，唯有彼此静悄悄地吐纳着黑暗的气息。

时光缓缓流逝，令人倍感痛苦。

博雅的肉体似乎变成了与黑暗等质的暗物。

忽然，晴明低声说：

"来啦。"

地板嘎吱嘎吱作响，那轻微的声音也传到了博雅的耳边。不是老鼠也不是猫，而是一种更沉重的东西踏着地板的声音。

分明有人的重量。先落在地板上，地板再跟地板相互挤压，发出了嘎吱声。

"嘎吱，嘎吱——"

响声一步一步接近了。

在博雅身边，晴明颂起咒语，大意是：

"谨上再拜，开天辟地的各方诸神！伊奘诺伊奘冉大神啊，开天辟地的大神，您在伟大的御驾上，令男女之间山盟海誓，令阴阳之道长久流传。"

声音轻轻的，连近在身旁的博雅，也是似闻非闻。

"望能给魍魉鬼神，造成强大阻碍，令其不可妄取非业之命。谨供奉大小神祇，诸佛菩萨，明王部，天童部，及九曜七星，二十八宿……"

在草人面前，搭有三层高台，竖有蓝黄红白黑五色染成的供品。

地板上，放着一盏灯盘，灯盘上点着若有若无的豆大的灯火。

与此不同的另一盏灯，放在木板窗旁的窄廊一角，明明灭灭。

随着灯影摇曳，地板嘎吱作响，一个人影，闯入了三人静悄悄地等候着的房间。

一个女人——

她的头发蓬乱如麻，又长又黑的乱发倒立着。

脸上涂着朱丹，撕成破布条的红衣缠在身上，她头顶铁圈，朝天竖立的三只脚上，各自插着点燃的蜡烛。

在夜色中，火焰把女人的脸衬托得更加狰狞。

她的双眼往上斜吊着，脸涂成了血红色。那是一张叫人心惊胆战的脸。

"济时大人——"

女人用纤细的、游丝般的声音呼唤着：

"济时大人——"

女人用可怕的眼神扫视左右，一会儿，她的视线落在面前的草人身上，收住脚步，嘴角浮出喜悦的笑意。

"哎呀呀，真高兴呀！"

她露着白色的牙齿，两边的嘴角往左右斜翘。

嘴唇裂开了，好几块血斑在伤口处肿胀着。

"你在那里吗，济时大人？"

声音轻轻柔柔的，她噌的一下来到草人跟前。

她的右手紧握着一把铁锤和一根长达五寸的铁钉子。

左手上好像拿着什么圆形的重物，用类似绳子的东西捆绑着，悬吊下来。

"唉，爱恨难辨啊。难得一见那身影了……"

女人的头发像是显示着此刻的心潮澎湃似的，竖得更高了。

发丝触到火苗，烧得咝咝作响，变得焦臭，升起了小小的蓝色火苗。

发丝焦糊的臭味，弥漫在空气中。

夹杂在臭味里，隐约传来薰衣香的香味。

女人在那里摇晃着身子，喃喃诉说着：

"我又看到了你的身影，叫人无比怀念，苦闷不已，痛苦不堪……"

像手舞足蹈般，她浑身抖动着。

口中一边说话，一边咻咻地吐着乱舞的青绿色火焰。


孤魂伴萤火，

对月泣水边。

怨恨化厉鬼，

红颜顶铁圈。

徘徊郎枕畔，

缠绵不忍绝。


　　她紧咬的牙齿咯咯作响，像狂舞一般，双手在空中乱比乱画。

　　女人用无比憎恨的眼神，直勾勾地望着草人济时。

　　在她的瞳孔中，燃烧着细小的绿色光焰。

　　"你为什么抛弃我？哪怕你一边跟她私通，一边装模作样地和我
来往，哪怕就是这样——"

　　说到这里，女人极不情愿地摇晃着头。

　　"哎呀，我真搞不懂啊，我弄不明白，那时到底怎样才能拴住你
的心。只知道事至如今，无可挽回了……"

　　女子泪流满面。

　　泪珠和着涂在脸上的朱丹，看上去如同血泪。

　　"我不知你会有二心呀，背弃了当初的盟约，带来了无穷的悔恨。
一切的一切，本来都发自自己的内心，可是，虽然你已经变心，我
的情感却依然坚贞，没有减少一分。"

　　"无情遭抛弃。"

　　"无情遭抛弃。"

　　"我终于想起来了，想起来就痛苦万分，想起来就撕心裂肺
啊……"

　　她手舞足蹈起来。

"沉湎于相思的泪水中，深陷在相思的痛苦中，遗恨无穷啊。"

"决心变成复仇的厉鬼，也在情理之中啊。"

女子边说着，边朝前扑出，站到稻草人济时面前。

"看吧，你看看吧，济时大人……"

仿佛为了让济时看得更加真切，她把左手悬吊的东西高高地提了起来。

"瞧吧，这就是你的新欢绫子的头呀！"

> 新欢发在手，
>
> 捶下五寸钉。

"你瞧吧，你所恋慕的绫子小姐，已经不在人世了……哈哈，真是美妙啊。"

"绫子小姐已经不在人世了，来吧，来吧，济时大人，现在请回到我的身边吧。"

她把绫子的头丢到一旁，绫子的首级响起沉闷的声音，落在地板上，骨碌乱转。

她扑上前，紧紧搂住草人济时。

"你不想再吻我了吗？"

女人把自己的嘴唇贴在草人脸上相当于唇的位置，狂吻起来，然后用洁白的牙齿用力地啃咬。

她又起身离开，坐到地板上，大大地敞开红衣的前摆，露出雪白的双腿。

"喂，你也再爱我一次吧。"

她扭动着腰身。

她把两手撑在前面，四肢着地，像狗一样爬近草人。在草人的大腿间，她埋下头，用力咬着那里的稻秸。

她用恳求的声音说：

"你为什么总是一声不吭呢？"

她厉声叫着，站了起来，左手拿着钉子，右手握着铁锤。

"看我呀，济时——"

她左右大幅甩动着头。

随着猛烈的甩头，女人长长的头发贴到自己脸上，狂吼着：

"啊，啊，我要你的命！"

女子像一只硕大的毒蜘蛛一样，朝草人扑过去。

"你早该知道会有这种惩罚的！"

她把左手握着的钉子钉在草人的额头上，高高抬起右手，重重地锤打起来。

铁锤连续敲打着钉子。

"砰，砰，砰——"

钉子深深地钉入草人的额头里。

"叫你知道我的厉害。"

"叫你知道我的厉害。"

她狂叫着，用右手紧握铁锤，发疯似的无数次敲打着钉子。

头发在飘摇，无数次碰到火苗，升起蓝焰，发出哗哗的声响。场面实在是触目惊心。就在这时——

"救，救救我啊！"

响起了哀鸣般的叫声。是济时的叫声。

"原、原谅我吧，别伤我的性命。"

从草人后面，四肢着地的济时滚爬了出来。由于过分惊恐，他再也无法忍受下去了。

他瘫软如泥，浑身无力，几乎是用手勉强拖着身子往前挪动。

"哎呀，实在太奇怪了，济时大人竟然分成了两个……"

女子直勾勾地盯着爬出来的济时。她的眼睛又朝向草人那边。

"哎呀呀，我还以为是济时大人，这不是草人吗？"

她吊起眉梢，凶相毕露。

"啊哈哈——"

济时放声大哭。

"济时，你在耍弄我啊！"

她咬牙切齿。

"不好，博雅，出去吧。"

晴明低声说着，站起身子。

"嗯……"

博雅跟在晴明后面，抱着琵琶从屏风后出来了。

这时，济时已经被女人抓住了。

女子左手狠命抓住想爬着逃走的济时的衣领，直往后拽。济时所穿的衣裳，嘶嘶地裂开了，从左肩到胸部裸露出来。

真是令人心惊胆战的气力呀。

不过，衣衫被撕下来，反倒救了济时。

逃离女子手中，济时在地板上乱爬乱逃。

女子又朝他扑了过去。

"德子小姐，请等一等！"

晴明扬声叫道，但德子并没有停下来。仿佛晴明的存在，以及博雅的存在，根本无法进入德子的视线。

晴明从怀中掏出几幅画好的符咒，要贴在德子身上。但他犹豫了一下，没有伸出手去。

"不能用这个。"

晴明说，然后又对博雅说：

"快弹琵琶！"

"噢，噢！"

博雅抱好琵琶，取出琴拨，弹了起来。

琵琶响了。

琵琶声尖锐地撕裂了暗夜。

琵琶声如流水般响了起来。

是名曲《流泉》，那由式部卿宫传给蝉丸，再经由蝉丸传给博雅的曲子。

德子抓住了济时，用左手揪住他的衣领，右手紧握着铁锤高高地举起，正要朝着济时的额头狠劲捶下去。

就在这时，博雅的琵琶声响了。

德子的动作戛然而止。

"这声音，不是飞天吗？"

德子一动不动地举着锤子，转过头来，盯着琵琶声传来的方向。眼眸停在博雅身上，忽地一亮，一瞬间恢复了人的正气。

"博雅大人！"德子用博雅熟悉的声音叫道。

"德子小姐！"博雅回应，弹奏着琵琶的手停住了。

德子紧抓着济时衣襟的手也松了下来。

"啊！"

济时嘶声惊叫，想从德子手中逃开，却竟然瘫软在地板上了。

可是，德子对济时已视而不见。她和博雅目不转睛地凝视着彼此。

德子脸上的表情，仿佛埋藏在地底下的水从业已干涸的大地地表慢慢渗出一般。

那是含着惊惧的脸色。

"博雅大人！"

德子仿佛断骨般痛苦不堪地唤道。那是悲怆之极的声音。

"德子小姐！"

"如今——"

德子终于开口：

"如今的我，你看见了！"

"……"

"你看见我刚才的样子了！"

博雅无言以对。

"哎呀，这是多可怜的样子啊！"

脸上涂成红色。

头上顶着铁圈。

蜡烛忽明忽暗地摇曳着。

"噢！哎呀，怎么是这么堕落的样子啊！"

她高声叫着，如同悲鸣一般，扭过头去。

"唉，这副样子多么不堪啊。"

她取下头上的铁圈，掷到地板上。

铁圈上插着三根蜡烛，有两根已经灭了，只有一根还在燃烧。

"为什么你要来呢，博雅大人？"

她痛苦地摇着头。

长长的头发，狼狈地在脸上缠绕又披离，披离又缠绕。

"噢……"

她失声恸哭。

"好羞愧啊！"

"好羞愧啊！"

她两脚狂乱地蹬着地板，牙齿咬破了嘴唇，悲声呻吟着。

她用双手遮住了自己的脸。

"给人看见了，我这副丑样子给人看见了！"

德子摇着头挪开双手，却见她的两个眼角都裂开了。

嘴角一直裂到耳边，白色的牙齿暴露出来。鼻子压扁了，左右两边的犬牙嗖嗖地长了出来。

裂开的眼角处血流如注，好像有东西从里面往外挤压，她的眼珠鼓胀起来。

贴近额头的头发中，响起喀嚓喀嚓的声音，从中长出了异物。

是两只角。

是还没有完全长成的、包裹着柔软皮质的角，像鹿茸一样。

它正在一点点地长大。

额头上的皮肉裂开，热血从角的根部流到脸上。

"她是在'生成'，博雅。"晴明的声音含着一丝惊讶。

因嫉妒而发狂的女人变成了鬼，即"般若"。而所谓"生成"这个词，是指女人即将变成"般若"，即狰狞女鬼之前的一种状态。

是人而非人，是鬼而非鬼。

德子就处在这样的"生成"状态中。

"嘻嘻嘻……"

"生成"中的德子狂笑着，发出刺耳的声音，狂奔到屋外。

"德子小姐——"

博雅的声音已经追不上她了。

博雅拿着琵琶奔到夜晚的庭院中，但四处都不见德子的身影。

"博雅！"

晴明追到博雅身边，大声叫他。

可是博雅根本听不见晴明的话，只是呆若木鸡地站在那里。

"哎呀！我做了一件多可悲的傻事，一件多可悲的傻事啊。"

博雅的眼睛一直凝望着德子消失的方向。

"怎么啦？"

说话的是一直守在屋外的实忠。

"我好像听到很凄惨的声音，所以就闯了进来，大家都平安无事吧。"

"哦，你来得正好。济时大人就在那边，虽然性命已无大碍，可是已经吓坏了。你能不能去照顾他一下？"晴明对实忠说道。

"晴明大人您呢？"

"我去追她。"

听到晴明这么说，博雅才好像回过神来似的。

"去追德子小姐？"

"是的。"

晴明点点头，然后背朝博雅说：

"走吧。"

晴明已经迈开了脚步。

"好。"

博雅拿着琵琶跟上晴明。

三

在夜深人静的京城大路上，牛车在夜光下行驶。

是一辆古怪的牛车。

虽说是牛车，拉车的却并不是牛，而是一只巨大而健硕的蛤蟆。

蛤蟆背上系着轭辕，牛车在夜晚的京都大街上，看似慢吞吞地往前行驶。

在牛车里，博雅一副失魂落魄的样子，一会儿掀起帘子往外打量，一会儿又把视线收回来。

"晴明啊，替换牛的这只蛤蟆，真的能跟在德子小姐后面吗？"

"能，因为我将早已备好的广泽遍照寺的池水，洒到了德子小姐的背上。"

"什么？"

"拉着牛车的跳虫，就是遍照寺的宽朝僧正大人送给我的，应该不会忘记曾经栖息过的池水的味道。"

"到底是怎么回事？"

"德子小姐逃离后，空气中还残存着池水的水汽，跳虫追踪的就是水的气息呀。"

"原来是这样啊。"博雅点点头。

接着，博雅紧闭着嘴，抱着琵琶，默默无语。

一片沉默中，牛车轱辘轱辘响着，在大路上行驶。

"晴明——"

"怎么啦，博雅？"

晴明用询问的眼神打量着博雅。

"你不久前说过，人的心中都有鬼……"

"是的。"

"好吧，晴明，万一有一天，我也变成鬼的话，你会怎么办？"

"放心吧，博雅，你不会变成鬼的。"

"可是，既然谁的心中都会有鬼，难道不意味着我的心中也有鬼吗？"

"是有。"

"也就是说，我也会变成鬼的呀。"

"……"

"万一我变成鬼，你会怎么办？"

博雅又问一模一样的问题。

"博雅，倘若你真的变成了鬼，我也是没有办法阻止啊。"

"……"

"如果说有什么人能阻止这一切，那个人只能是自己。"

"自己？"

"是啊，如果你化成了鬼，那是谁都无法阻止的。"

"……"

"我也无法解救变成鬼的你……"

"对德子小姐呢？"

"一样的道理。"

晴明点点头，又说：

"不过，博雅啊——"

"什么事？"

"即使你变成了鬼，我晴明依然是你的知音。"

"知音？"

"是的，知音。"晴明说。

博雅抱着琵琶，也陷入了沉默。

轱辘轱辘，牛车走动的声音持续不断。

博雅泪流满面。

"我真傻……你怎么会忽然这么说？"

博雅仿佛自言自语似的说。

"我并不是有意要提出这种问题的。可是，博雅，是你让我说的
呀……"

"是我？"

晴明十分肯定地点点头，端详着博雅，说：

"今天，我们见过了芦屋道满大人呀。"

"是啊。"

"就像道满大人所说的那样。"

"什么事？"

"我到底还是跟道满大人一样。"

"真的？"

"是真的。"

"……"

"如果说我有什么跟道满大人不同的话，那就是，我身边还有你

呀，博雅……”晴明说。

“晴明啊，我明白得很。”博雅望着晴明。

“明白什么？”晴明问。

“你呀，比自己认识的还要出色得多，你就是这样一个男子。”

听博雅这么说，这一次，晴明默然了。

“哦。”

对博雅的话，晴明既没有肯定也没有否定，只是点点头表示会意。

“博雅——”晴明声音很轻。

“什么？”

“曾经离开的心，无论怎么做，都再也追不回了。”

“是啊。”

博雅点了点头。

“无论怎样忧心如焚，都是无法挽回的，这是人世间的常理。”

“……”

“这一层，德子小姐也很了解吧。”

“……”

“也许几天以来，几十天以来，每日每夜，德子小姐一直考虑这件事，用这样的道理来说服自己，就是她本人，也不会希望自己变成鬼的。”

“嗯。”

“可是，鬼是不会懂这一层道理的，哪怕不想变成鬼，最终还是无法避免。”

“……”

“要从人的内心真正灭掉鬼，除非把人本身灭掉，没有别的办法。

可是把人灭掉这种事，不可肆意妄为。"

晴明仿佛自言自语般说着。

就在这时，嘎的一声，牛车停了下来。

## 四

晴明和博雅走下牛车。

地点是在五条一带一座荒凉破败的房子前。

"晴明，这里是……是道满大人说过的德子小姐的家吗？那么德子小姐呢？"博雅问。

"道满大人虽然说过他不清楚小姐身在何处，但最后小姐还是会回到自己生长的地方来的。"

放眼望去，蛤蟆拉着的牛车就停在已经坍塌的瓦顶泥墙旁边。拉着牛车的蛤蟆，也就是跳虫的旁边，站着身着彩衣的蜜虫，正朝晴明低头行礼。

"走吧，博雅。"

从泥墙坍塌的地方，晴明进去了。

博雅抱着琵琶跟在身后。

那是一个在月光中更显破败的庭院。

秋草丰茂，浓密蓊郁，连插足其中的空隙都没有了。

回头望去，就在刚才钻入的泥墙坍塌处，荻花如雪，正在绽放。

确实跟晴明家的庭院有相似之处，不同的是，这所庭院确实太荒凉、太破败了。

不知哪里的牧童，为了喂牛吃草，白天好像在这里放过牛，四处散落着牛粪。

秋草上夜露密布，叶梢沉沉地低垂。

每一滴夜露都尽量捕捉着蓝色的月光，看上去仿佛有无数的小月亮降临到这个院子里，在叶影中小憩。

抬眼望去，可以明显看到倾塌的房子的屋顶。

晴明慢慢分开草丛，行走起来。

晴明白色狩衣的下摆，吸收了露气，愈发沉重。

或许是风雨的侵蚀，外廊上的一根柱子开始腐朽，廊檐倾斜得十分厉害。

朝着廊轩，艾蒿从地面贴着腐烂的木柱往上攀。

看上去根本不像是住着人的房子。

"这里就是……就是德子小姐生活的房子吗？"博雅低声道。

细看之下，在廊轩下面，还残存着刚刚落花的芍药。

那边的树影，也许是山樱吧。

在博雅的正前方，有一处秋草更加繁茂。

走近一看，那是一辆朽烂的牛车，是一辆吊窗车。

"这难道是……"

这正是当年博雅所见过的碧盖香车。

历经长年累月的风雨沧桑，车子已经朽烂不堪，在蓝色的月光下，如今已经完全覆盖在秋草丛里。

"是德子小姐乘坐过的车啊。"博雅低声说。

在覆盖着车子的草丛中，秋虫正在唧啾。

即使漆黑一团，如一头疲惫的老兽般颓然蹲踞的家宅中，也是虫喧一片。

可以想见，当年这座宅邸也曾多么风光啊！如今，那繁华光景已荡然无存。从外廊至房屋，秋草繁茂，无处不在。

"在这样的陋室，德子小姐情何以堪啊！"

对叹息不已的博雅，晴明说："走吧。"

晴明的一只脚跨到了外廊内。

忽然发现廊内有一个人影站在那里。

"博雅大人，晴明大人！"那个人影叫道。

是一个老人。

是博雅似曾相识的声音。

"你是——"

"好久不见了。"

正是十二年前听到过的，随侍在德子小姐车边的杂役。

无论外貌还是声音，杂役都添加了十二年岁月的沉重。

"德子小姐呢？"

"您来迟了，博雅大人——"

杂役的声音平静得令人窒息。

"来迟了？"

"是的。"

"你说什么迟了？"

尽管压抑着，博雅还是像悲鸣般地高声吼着。

"博雅，走吧。"

晴明已经走到外廊内。抱着琵琶的博雅紧随其后。

晴明和博雅擦过杂役的身边，朝屋里走去。

一踏上屋内腐烂的地板，竟然又沐浴在月光中。

朽坏的屋顶坍塌下来，月光就是从那里射入屋中的。

就在杂草丛生的地板上，月亮洒下了幽蓝的清辉。

在月光下，有一个人倒伏在地板上。

是一个身穿红衣的女人。

一股浓重的血腥气，充溢在夜气中。

原来，从匍匐着的她的胸口下面，在夜色中仍然鲜明的血，像有生命一般游走着，在地板上扩展开来。

倒伏着的女人，右手紧握着一把沾满血迹的剑。

"真的迟到了，竟然自己结束了生命。"晴明说。

"德子小姐！"

博雅在女子身边跪下双膝，把琵琶放在地板上，抱起她的身体。

德子突然翻过身，紧紧搂住博雅。

那是一张面目狰狞的鬼脸。

牙齿长长的，咬得咯咯响，直扑向博雅的喉管。

可是，够不着博雅。

上下牙相互咬啮着，发出令人心惊的声音。

德子一边呲牙咧嘴，齿间咯咯作响，一边抑制着从身体里面往外喷涌的某种力量。

她左右摇摆着头。

"博雅大人呀……"

女人轻声呼叫，她的嘴唇左右斜吊起来，接着又猛地大张开嘴。

"咯咯咯——"

女子挣扎着，说：

"本想要了他的命……"

声音显得颇为悔恨。

女人嘴里流着血，喉间咻咻地喘着气。

博雅抱紧了德子。

"你咬吧！"

他在德子耳边轻声说：

"把我吃了吧！吃我的肉吧！"

德子眼中的正气之光变得黯淡，不一会儿，那光泽消失了，牙齿间又咯咯响了起来。

在德子身上，鬼与人忽现忽隐。

血正从她的喉管汩汩地流出。德子用剑刺破了自己的喉管。

德子仍然左右摇摆着头。

"唉，我做不到。怎么也不能做出这种恐怖的事啊！"

说罢，德子的牙又嗖地突了出来。

"对不起，对不起！"

博雅紧紧抱着德子说道：

"是我博雅请来晴明搅扰了你。是我博雅拜托晴明赶到这里来的。是我妨碍了你呀！既然这样，你就吃我的肉，用牙齿咬碎我的心脏吧！"

博雅的眼中，已是热泪奔涌。

在德子的眼中，忽地闪现出人气的光华。

"博雅大人，你在哭泣吗？"

变成鬼的德子，用奄奄一息的细弱声音说：

"你为什么哭泣，博雅大人？"

"唉，小姐呀，为什么流泪，我这种粗人又怎么弄得清楚。为什么哭泣不止，我这种蠢汉又怎能明白……"

博雅热泪滚涌，流到了脸上。

"我是心爱着你的啊！"

博雅紧紧凝视着德子。

"想起你，我心如刀绞啊。"

他痛苦得脸形都扭曲了。

"我已经年长色衰了啊。"

"我更爱经历了岁月沧桑的你呀！"

"我还添了许多皱纹！"

"我也爱你的皱纹。"

"手臂上，腹部，都生出了赘肉……"

"我就爱这样的你。"

"哪怕如今变成这个样子？"

"是的。"

"哪怕如今变成这样一副丑态？"

"是的。"

"哪怕变成了这样的恶鬼？"

"是的。"

博雅一再点头。

"我也爱变成厉鬼的你。"

博雅毫不犹豫地宣告。

"啊——"

德子高声大叫：

"这样的话，十二年前，我多想听到啊。"

"德子小姐！"

"为什么，究竟为什么，在十二年前，你不跟我说这些话呢？"

"那时，我还以为时光会永远不变……"

"……"

"我为你吹起笛子，你在那里聆听……我以为这一切会永远延续下去……"

"无论怎样的时刻，都不会永远延续的。"

德子的口中又流出了鲜血。

"连人的生命也是一样。"

"生命？"

"我的弟弟，就在十二年前的那段时间，染上流行病去世了。"

"多可怜啊！"

"他虽然上了大学，可是父母双亡之后，家中囊空如洗，他就在准备休学的困窘日子里，病倒了。"

"哦。"

"弟弟当时对我说，他歇了大学，要去当相扑士。"

"当相扑士？"

"十二年前，大学的学生跟举行相扑大会时赶来的相扑士们，闹过一场架，当时，有人跟弟弟讲，你去当相扑士吧！"

"是谁讲的？"

"真发成村大人。"

"噢。"

"弟弟心里十分渴望。可就在跟成村大人约好见面的那一天，他身染怪病，卧床十来天，就成了不归人。"

那是一段空有一身非常人可比的好气力，却不知如何施展而虚耗光阴的日子。

已经不可能继续在大学就读，就在心慌意乱之际，成村头一次跟弟弟打了招呼。

"所以，当时我希望能让成村大人胜出……"

德子表示会意的眼睛，又变成了鬼眼。

"是啊。当时济时大人本来一直照顾着成村大人，却忽然照应起了海恒世。"

"德子小姐！"

"好恨呀，济时！"

"可你也曾深深恋慕着济时大人啊。"

"唉，好后悔啊。"

德子流下悔恨的眼泪。

她的眼中，又恢复了人性。

"弟弟过世后，就在蒙他不断关心和看顾的过程中，我竟然恋慕上了济时大人。真是一场噩梦啊。"

德子在博雅的怀抱中，咬牙切齿地左右摇了摇头。

博雅紧抱着德子的双袖被热血烫温了，染湿了。血的温度，直抵博雅的肌肤。

温度正从德子的身体里逃逸而出。像是要阻止这温度的流逝，博雅手上加足了力气。

在博雅的怀中，德子痛苦地挣扎着。

她扭动着身体，像是要从博雅的手中挣脱出来。

她头发披离，摇着头，抬起脸来。

她又变成了厉鬼。

"我呀，在济时移情于其他女人时……"

她突然张口，紧紧咬住了博雅的左手。博雅拼命忍住呻吟声。

"博雅！"

晴明抬起了拿着灵符的右手。

"好了，晴明，别乱来！"

博雅吼道。

德子边哭泣边咬着博雅的肉。血泪在横流。

博雅脸上流淌的眼泪，滴落到德子的脸上，与她的血泪混合在一起。

"好了，好了！"

德子边咬边念叨着。

"让你看到了我那种可怕的样子。"

她一边哭泣，一边一次接一次地咬着。

"我好悔恨啊，博雅大人。"

"我好憎恨啊，济时大人。"

"生成"中的德子发出呜咽声。

"德子小姐！"

"德子小姐！"

博雅呼唤着她的名字，仿佛别无选择似的，唯有更加用力地抱紧德子。

的确没有别的办法了。

没有任何办法能阻止德子的"生成"。

"德子小姐！"

博雅用极端悲痛、又温柔得无以复加的深情的声音，呼唤着她的名字。

在德子的眸子里，又燃起了人性的火焰。

"哎呀！"

德子大叫起来：

"我对博雅大人做了些什么事啊。"

她忽然觉察到，自己刚才一直狠咬着博雅的肉。

"没关系，德子小姐。咬我也不要紧，没关系……"

博雅的声音震颤着。

"德子小姐，人心无法改变呀。哪怕你哭泣不休、苦闷不已，或是委屈难抑，还是心急如焚，无论如何，人心还是无法回头啊！"

"我明白，我全都明白。可是哪怕再明白，还是免不了变成鬼呀。在世间怎么都找不到治愈憎恨与哀痛的方法，人就只有变成厉鬼一条路了。不是人想变才变成鬼的。是因为无计可施，人才变成了鬼呀。"

"……"

"每天每夜，日复一日，数天，数十天，数月，用世事无常的道理劝自己，也想对济时灰心断念，可就是没办法做到……"

"……"

"当我茫然无主地徘徊在都市的大街上，忽然闯进我耳鼓的，竟然是原本送给济时大人的琵琶声音。"

"是飞天？"

"是的。那是我极为珍视的父母遗物。哪怕一文不名，我也没有卖出这把琵琶，还是一直留在身边。"

"那把琵琶，曾经在绫子小姐手中。"

"那是化为生魂跟博雅大人见面的那天发生的事。"

"你都说了希望我帮你一把，我竟然这么无用。"

"我都明白，你不要自责了。我什么都知道。身外之物可以舍弃。若是病患，可以治愈。可悲的是，这不是身外之物。这是我自己内心的魔障。"

"德子小姐，事已至此，如今我还是无能为力呀。我根本没法做一点事情。唉，我博雅是个多么可怜多么无用的蠢人！"

"不是，不是的！"

德子左右摇了摇头。

"没用的是我自己。即使变成这种模样，还是无法消失，仇恨也无法消失。"

德子的嘴里，青绿色的火焰伴随着话语吐了出来。

"都让博雅大人看到这副不雅的模样了，竟然还是无法泯除心中的悔恨。"

"德子小姐！"

"而且，我还想，死后还要变成真正的鬼，向济时大人作祟，于是就自己刺破了喉管。还对前来照看我的博雅大人如此失态！"

德子的气息已经细若游丝。

即使把耳朵凑过去，也难以听清她的话语了。

牙齿外露着，嘴唇根本无法好好合拢，吐字的声音从齿间漏出来，只能勉强辨别其中的只言片语。

晴明紧盯着博雅与德子，一动不动。

他只是默默地站着，仔细聆听两人的对答。

博雅把耳朵凑近德子的嘴边。

"博雅大人！"

德子齿间吞吐着红色的舌头，说：

"要是你把脸贴得那么近，我还会忍不住咬你的喉咙的。"

从她的嘴里，嗖地吐出了青绿色的火焰，咯咯地咬着牙齿。

可是，就连咬牙发出的声音，也越来越小，越来越弱。

"琵、琵琶……"德子说。

"噢，好的，好的。"

博雅伸出一只手，把放在地板上的琵琶拿过来，放在德子的胸前。

德子伸出双手，紧紧地抱着。

用右手的指尖，她轻拧着弦丝，弹了一下。

琤——

琵琶发出一声悲音。

德子合上眼睛，倾听着仅仅响了一下的琵琶声。

呼吸了一次。

呼吸了两次。

接着，呼吸与琵琶的余韵一起，摇曳着夜的气息，徐徐溶入了大气中。

尽管音韵不断变小，还是朝着无限的远方飘去了。德子仿佛在用耳朵追逐着渐渐远去的音韵。

德子睁开了眼睛。

"博雅大人呀！"

德子声音细细的，声音仿佛追踪着琵琶越来越弱的余韵，行将消失了。

"我在这儿——"

"那真是一支好听的笛子啊！"

德子的声音几乎无法听见。

"德子小姐！"

博雅的声音压得低低的。

"我有一个请求——"

"什么？"

"现在，再吹一次笛子……"

"笛子？"

"能为德子再吹一次笛子吗？"

"当然可以。"

博雅端详着德子的脸，轻轻把她放在地板上，伸手入怀，取出了叶二。

他把叶二贴近唇边，开始吹了起来。

清澄的音色，自叶二的笛管中轻灵地滑出。

笛音消融在穿过朽烂的屋顶投下来的月色里，笛声也染上了幽蓝的光。

德子悄无声息地合上了双眼。

博雅还在吹着叶二。

吹着吹着，德子回过魂来，聆听笛子的清音。

仿佛受此吸引，博雅继续吹着笛子。

良久，他停止吹笛。

"德子小姐！"

博雅呼唤着。

没有回应。

"德子小姐！"

博雅又一次呼唤。

依旧没有回应。

像是一阵凉气滑过后背，博雅大声呼喊起来。

"德子小姐！"

仍旧没有回应。

"德子小姐啊！"

博雅痛哭失声。

德子依然手抱琵琶，仰面而卧，像是睡着了一般。

这时，博雅忽地若有所悟。

"哦……"

德子小姐的脸容，从一副狰狞的鬼脸，重新变成博雅熟悉的娇娆面容。

"多么美啊！"

德子小姐的额头，也不再长角了，唇边也看不到暴突的牙齿。

"博雅啊——"

晴明声音温和地说：

"或许，正因为你，她得到了拯救。"

"她得救了？因为我？"

"是啊。"

晴明点了点头，声音里充满了安慰。

忽然，"嗷，嗷……"

从外面传来了怪兽般号啕大哭的声音。

晴明和博雅发现，庭院那边出现了一个白发苍苍的老人，正向残破的屋子走来。

原来是芦屋道满。

"道满大人——"

没有回应。

他紧闭着嘴，站在晴明和博雅的一旁。

朝他的脸望去，发现他并没有恸哭。

那么，刚才听到的哭声，要么是幻听，要么是芦屋道满的心声传至耳鼓了吧。

道满低头望着德子。

"真可怜呀！"

他低声喃喃着。

忽然，又增添了一个人的动静。在外廊内，老杂役沐浴着月辉，站立在那里。

杂役一言不发，只是呆呆地站着。

"或许你要说什么——"晴明望着杂役说。

"是。"杂役点点头。

"我有一个愿望……"

"什么愿望？"

杂役似乎不知从何说起。

"这座宅子里充满某种气息。"晴明说。

"是一种气吗？"

"是带来横祸之气。不过现在已经减弱了。"

"是，是的。"

"你到外面去，在屋子东西南北四个方位的角落里，挖开立在四角的柱子基部，如果挖出什么东西，就请带到这里来吧。"晴明说。

杂役嘴唇哆哆嗦嗦地颤抖着，还想说点什么。

"有劳你了。"晴明提醒他。

杂役欲言又止。

"好吧。"

他低下头，下到庭院中，身影消失了。

不久，杂役回来了。

"发现了什么？"晴明问。

杂役从怀中取出三个贝壳紧紧闭合的大文蛤。

"我挖出了这种东西。"

他把它们交给晴明。

"在东、西、南三面的柱子下，各埋有一个。"

"北面呢？"

"什么都没有挖出来。"

"知道了。"

晴明把三个文蛤放在左手中，口中小声念起咒语。

然后，又把右手的食指贴近唇边，再用指尖依次轻触三个文蛤。

这时，按晴明的指尖触摸的顺序，贝壳啪啪地张开了。

"啊！"

博雅不由得惊叹起来。

原来，三个文蛤的内侧，被人用朱丹涂成了鲜红，里面分别装有一物：一个是秋蝉蜕下的空壳，一个装着蜕掉的蛇皮，另一个装着蜉蝣的尸体。

"晴明，这是……"

博雅带着一副不可思议的神情问道。

"从北面的柱子下什么都没有挖出来吗？"

晴明若有所思地侧着头。

"邪气减弱了，意味着有谁早先就从北面的柱子下挖走了一个贝壳。"

他又仿佛有所领悟似的点了点头。

"哈哈……"

晴明打量着道满。

"道满大人，是你吧?！"

"是的。"道满点头承认。

道满比晴明提前造访了这所房子，不可能没有注意到这种情形。

晴明自然对此了然于胸。

道满伸手入怀，取出了一个贝壳。

"在这里。"他小声说。

道满用指尖轻轻一触，贝壳就张开了。

里面是一颗已经焦黑的柿树种子。

"头一次来到这里，我就感到一种怪诞的妖气。为了化解它，我就挖开了北方的柱子基部，找到了这个东西。只要挖走一个，咒的力量就几乎化解了，所以就让其他三个还照老样子放着。"

"对德子小姐呢？"

"事到如今，已是无济于事了，最好别再提了。或许在绫子小姐那里被杀死的阴阳师，就传承了这种秘法吧。"道满说。

"晴明，那是什么啊？为什么会有这些东西放在这里呢？"博雅问道。

"这是一种毒咒，让这个宅子里人财两散。"

"什么？"

空蝉。

蛇蜕下的皮。

蜉蝣的尸体。

烧焦的柿树种子。

一个个都是无主之物，空洞之物，是生命虚妄的东西，是结不出果实的存在。晴明解释道。

"到底是谁下了这样的毒咒？"

博雅一问，晴明立刻把视线投向杂役。

杂役脸上血色尽失，青紫色的双唇颤抖不已。

"是你吧！"晴明问。

"是我。"

杂役战战兢兢地点了点头，说：

"不过，我不是受绫子小姐所托。是更早之前，我听了阴阳师的吩咐才埋下的。"

"阴阳师？"

"是的。就是在绫子小姐那里被踩死的阴阳师。"

"为什么要做这样的事？"晴明问。

杂役沉默了一会儿，终于坦白道：

"我从济时大人那里得到了一些金子，是受他所托。"

"岂有此理！"

博雅几乎怒不可遏。

"当时济时大人得不到小姐以身相许的答复，所以就想出了这么个办法……"

"……"

"他以为，如果家徒四壁，小姐为家计着想，就只好依赖他了。"

"真卑鄙！"晴明低声叹息。

"我也没料到会发生这么多的不幸。本来，这个家庭的生活就一直没有快乐。我原本想，小姐若能跟济时大人相好，她会得到幸福，起码生活也有个盼头吧，当时我就是这样想的。谁知道，事情竟糟糕到这一步……"

说着，杂役捡起德子掉在地板上的剑。

"我就先走一步了。"

说完，猛力刺破了自己的咽喉。

扑通一声，杂役往前跌倒，伏倒在地。

博雅跑过去要扶起他，他已经不省人事了。

"一切都终结了。"道满絮絮地说。

说完，他转过身，下到庭院里，一会儿就消失了。

浓郁而繁茂的草丛间，秋虫正啾啾唧唧叫得正欢。

"晴明啊……"

博雅用低沉的、小小的声音说：

"真的结束了吗？"

"嗯。"

晴明也是低声回答。

"啊，结束了……"博雅喃喃自语。

好长时间，博雅无言地伫立着。

"鬼也好人也好，都很悲哀啊……"

博雅低声说着，好像没有讲给任何人听似的。

到底有没有听到博雅的话呢？幽蓝的月光从檐轩照射下来，晴明只是仰望着月亮。

## 五

就在当年，藤原济时身染沉疴，在卧床两月之后，一命呜呼了。

德子小姐跟琵琶飞天一道，悄然安葬于广泽的宽朝僧正所在的遍照寺中。

晴明和博雅又站在了一起。

就在下葬的那一天，秋雨飘飘，那是仿佛冷雾一般凄冷的雨。

雨降落在整个山寺间，把庭中的石砾、飘零的红叶，连同所有的一切都濡湿了。

在正殿里，三个人静坐下来，神情肃穆地交谈起来。

宽朝僧正凝望着秋雨洒落的庭院。

"从天而降的水，积在池中的水，无论是什么水，都根本无碍于水的本性。心同此理，人的本性也是不会变化的呀！"

"你指的是，人变成了鬼也是同样……"

"是的。"

晴明一问，宽朝僧正平静地点了点头。

博雅静默无语，倾听着两人的对答。

从那时开始，只要博雅夜晚独自吹起笛子，仍然是"生成"模样的德子小姐就会现身。

德子小姐仍然手抱琵琶，无言地倾听着笛子的清音。

如果是在房间里，她就出现在屋子的一隅。

如果是在户外，她就隐身于暗处或是树荫下。

德子小姐静静地聆听着笛子的清韵，有时，她会应和着博雅的笛声，弹起琵琶。

她倏忽现出身影，须臾又消失不见。

在现身之时，最初是"生成"模样的鬼脸，可是听过笛子，身影消失时，就恢复了伊人的容颜。

彼此沉默无语，根本没有讲过什么话，可是博雅总是一直吹着笛子，直到德子身影消失为止。


昔日殷殷语，

听声不见人。

伊人来无踪，

伊人去无痕。

图书在版编目（CIP）数据

阴阳师.生成姬／〔日〕梦枕貘著；汪正球译. －2版.－
海口：南海出版公司，2014.1
ISBN 978-7-5442-6970-4

Ⅰ.①阴…　Ⅱ.①梦…②汪…　Ⅲ.①长篇小说-日
本-现代　Ⅳ.①Ⅰ313.45

中国版本图书馆CIP数据核字（2013）第273768号

著作权合同登记号　图字：30-2012-011

**阴阳师.生成姬**

〔日〕梦枕貘 著

汪正球 译

出　　版　南海出版公司　（0898）66568511
　　　　　　海口市海秀中路51号星华大厦五楼　　邮编 570206
发　　行　新经典发行有限公司
　　　　　　电话(010)68423599　　邮箱 editor@readinglife.com
经　　销　新华书店

责任编辑　翟明明
特邀编辑　胡圣楠
装帧设计　韩　笑
内文制作　田晓波

印　　刷　北京天宇万达印刷有限公司
开　　本　850毫米×1168毫米　1/32
印　　张　7.5
字　　数　138千
版　　次　2005年8月第1版　2014年1月第2版
印　　次　2021年1月第16次印刷
书　　号　ISBN 978-7-5442-6970-4
定　　价　49.00元